COURS DE LITTÉRATURE

PAR

FÉLIX HÉMON

INSPECTEUR GÉNÉRAL DE L'INSTRUCTION PUBLIQUE

XXIII

LAMARTINE

LIBRAIRIE
CH. DELAGRAVE
15 RUE SOUFFLOT 15
PARIS

COURS

DE

LITTÉRATURE

XXIII. LAMARTINE

SOCIÉTÉ ANONYME D'IMPRIMERIE DE VILLEFRANCHE-DE-ROUERGUE
Jules BARDOUX, Directeur.

COURS
DE
LITTÉRATURE

PAR

FÉLIX HÉMON
INSPECTEUR GÉNÉRAL DE L'INSTRUCTION PUBLIQUE

XXIII

LAMARTINE

PARIS
LIBRAIRIE CH. DELAGRAVE
15, RUE SOUFFLOT, 15

LAMARTINE

(1790-1869)

I

La jeunesse jusqu'aux « Méditations ». Premières lectures et premières influences.

Alphonse de Lamartine naquit à Mâcon au début de la crise révolutionnaire, le 21 octobre 1790. Son père, qui avait servi, vivait retiré dans sa propriété de Milly, sur les collines du Mâconnais. Sa mère, Alix des Roys, fille de l'intendant général des finances du duc d'Orléans et de la sous-gouvernante du futur Louis-Philippe, eut six enfants, dont Alphonse fut le seul garçon. Par l'élévation de son esprit, par la chaleur de son âme, par l'ardeur de sa piété, elle exerça l'action la plus profonde sur la vie morale et l'avenir d'un poète, en qui elle reconnaissait plus tard l'interprète éloquent de ses sentiments les plus intimes : « Il est ma voix, écrivait-elle dans son *Journal*[1], car je sens bien les belles choses, mais je suis muette quand je veux les dire, même à Dieu. » A cette mère il doit surtout, avec la constante noblesse de son inspiration, sa religion attendrie, mais indépendante, moins une foi, il l'avouera, qu'un sentiment.

De la naissance du poète à la grande date qui ouvre son œuvre poétique (1820), le détail de sa biographie n'a qu'une médiocre importance, et nous ne le caractériserons qu'au point de vue des influences exercées sur son génie incertain par la première éducation reçue au foyer de famille, par le séjour au collège de Belley, par le voyage d'Italie. Ses lectures d'enfance furent curieusement diverses, puisqu'elles allaient de la Bible à Voltaire. La simplicité majestueuse de la Bible fit sur lui une impression profonde. Plus tard, à plusieurs reprises, il essayera de se l'assimiler : jamais il n'y réussira tout à fait. Sa

1. Le *Manuscrit de ma mère*, 7 nov. 1828.

nature à demi féminine déjà, sa vie d'enfant qui rêve et prie entre une mère et cinq sœurs, l'inclinaient à comprendre surtout, non ce qu'il y a d'épique et de sombre, mais ce qu'il y a de tendre et d'apaisé dans la mélancolie et dans le sublime de la Bible. La forte simplicité des poèmes homériques lui demeura longtemps étrangère; mais il connut de bonne heure la grâce passionnée des poètes de l'Italie moderne ; son père lui lisait l'épopée romanesque de Tasse, et bientôt lui-même devait lire Pétrarque, dont nous avons un exemplaire annoté de sa main. Entre les classiques du XVIIe et du XVIIIe siècle, lesquels lui fait-on admirer de préférence? Ce n'est pas Corneille, c'est Racine, le Racine d'*Athalie,* il est vrai. Ce n'est pas Bossuet, c'est Fénelon, le Fénelon de *Télémaque*. Ce n'est pas Voltaire prosateur, c'est le Voltaire de *Mérope* et de la *Henriade*. Il est charmé de Racine; il se proclame le « fils » de Fénelon; il gardera même toujours un goût secret pour Voltaire poète. Mais toute ironie le blesse. Il est sévère pour Boileau : « Qu'espérer, dit-il, de la poésie d'une nation qui ne donne pour modèle du beau pour les vers à sa jeunesse, que des poèmes burlesques, et qui, au lieu de l'enthousiasme, enseigne la parodie à des cœurs et à des imaginations de quinze ans? » Chez la Fontaine, dès lors, il voit la malice et ne voit pas la grâce.

Des jésuites du collège de Belley, qui furent ses maîtres de 1803 à 1807, il ne reçut pas une instruction virile; mais sa sensibilité s'y affina encore, son imagination s'y épanouit. La lecture du *Génie du christianisme* fut pour lui une révélation. Longtemps après il ne pouvait lire *René* sans pleurer. Il lui arrivera pourtant de ne plus voir en Chateaubriand qu'un comédien et de ne lui accorder que la sincérité de la phrase. Mais Chateaubriand, dans les sociétés où il l'avait rencontré, lui avait témoigné quelque froideur. « Nous n'avons jamais eu d'attrait l'un pour l'autre... Mais c'était une grande sensibilité littéraire, et le plus grand style qu'un homme puisse avoir en dehors du naturel[1]. » Il ne fut pas toujours aussi ingrat envers celui dont la main puissante lui avait ouvert l'horizon de la poésie moderne. De Chateaubriand et de Mme de Staël il dira : « Ils furent pour nous comme deux protestations vivantes contre l'oppression de l'âme et du cœur, contre le dessèchement

1. *Mémoires politiques*. — *Cours de littérature*. — Il écrit plus justement, en envoyant sa souscription au monument de Chateaubriand : « Le peu que j'ai de poésie, je le lui dois. »

et l'avilissement du siècle[1], » c'est-à-dire à la fois contre le despotime et contre le matérialisme de l'époque impériale. S'il resta plus fidèle à Mme de Staël qu'à Chateaubriand, c'est peut-être qu'il ne la vit jamais de près (une fois seulement, en juin 1815, il l'a entrevue près de Genève), c'est aussi qu'entre le passé, dont Chateaubriand menait pompeusement le deuil, et l'avenir, dont Mme de Staël ouvrait la voie, il devait bientôt faire son choix; de plus en plus attaché à la liberté, en dehors même de la monarchie, il devait se rapprocher de plus en plus de Mme de Staël.

Quand, au printemps de 1811, il part pour l'Italie, il n'a pu deviner qu'à travers *Corinne,* dont il est ravi, le pays de la beauté, d'une beauté que sa terre natale ne lui avait pas révélée. Doudan s'étonnait méchamment qu'il vînt des poètes sur les collines de la Bourgogne. « Mais peut-être, ajoutait-il, que quand ils voient dans leurs voyages une belle nature, leur émotion s'accroît par l'étonnement[2]. » Ceci n'est qu'une boutade: nul plus que Lamartine n'a senti le charme modeste et intime des horizons familiers et des vallons paternels; mais il pressentait l'Italie, il en avait besoin : pour éclairer et dorer son brouillard de Mâcon, il lui fallait le soleil de Naples; pour donner un corps à ses rêves flottants, il lui fallait Graziella. On s'est demandé dans quelle mesure la petite cigarière napolitaine a été ce que Lamartine a voulu qu'elle fût, ou même, quelquefois, si elle a vraiment existé. Elle a existé, sans doute, mais elle n'a jamais été la Graziella que Lamartine a immortalisée. Elle fut pour lui l'Italie et l'amour, l'Italie surtout, car elle n'était pas encore venue, mais elle allait venir bientôt, l'heure du véritable amour, et de la véritable poésie. A l'aurore de notre seconde Renaissance poétique, l'Italie redevenait ainsi la révélatrice qu'elle avait été pour la Renaissance française du XVIe siècle.

Mais l'originalité de Lamartine c'est d'avoir été, non pas tour à tour, mais tout à la fois, le disciple de la littérature méridionale et des littératures du Nord. Quand il voit l'Italie, il a lu avec transport Ossian, qu'il proclame l'Homère de ses premières années[3], et sa propre poésie gardera quelque chose des vagues contours de la poésie ossianesque. Levasseur avait traduit Ossian et Young en 1769-1770. Lamartine, très jeune

1. *Les Destinées de la poésie* (1834).
2. Lettre du 13 février 1840.
3. Préface des *Méditations* (1849).

encore, étudie et traduit, avec les pages les plus romanesques d'Ossian, les plus sombres poésies d'Young. Bientôt il découvrira et il imitera Byron. Il semble avoir moins connu l'Allemagne, et pourtant il se passionne pour *Werther*, « une maladie mentale » de son adolescence poétique. Voilà bien des génies divers qui se fondront en un seul génie. A ce titre, Lamartine est le poète le plus éminemment représentatif de l'état d'âme d'une époque de transition. Il l'est beaucoup plus que Victor Hugo, né douze ans après lui, au moment où le siècle nouveau allait prendre conscience de ses destinées. Il l'est surtout peut-être si l'on mesure l'influence qu'exercèrent sur tous deux, non plus la molle Italie ou la rude Espagne, mais les écrivains français immédiatement antérieurs ou contemporains. Hugo n'échappe pas plus qu'un autre aux influences du passé ou du milieu, mais il se hâte de devenir le chef très personnel du romantisme. Lamartine, avant d'être l'initiateur de la grande poésie au XIXe siècle, est l'héritier des poètes du XVIIIe siècle finissant.

Nous ne songeons pas à Chénier, dont il n'a pu connaître que peu de vers, puisque la plupart des poésies de Chénier n'ont paru qu'un an avant les *Méditations* (il y a pourtant quelque chose de Lamartine déjà dans la *Jeune Captive*, que Lamartine a pu et dû lire); ni même aux poètes en prose, comme Rousseau. Rousseau agit d'abord sur lui indirectement, par ses disciples Chateaubriand et Mme de Staël, puis directement et assez profondément, sans doute, par la *Nouvelle Héloïse*[1] et par la *Profession de foi du Vicaire savoyard*. Mais on fausse une vérité en l'outrant quand on fait de Rousseau le seul poète du XVIIIe siècle. Les historiens littéraires aiment ces oppositions tranchées; mais la vraie histoire de l'esprit français serait celle qui rendrait sensibles les insensibles évolutions de cet esprit. Rousseau fut un grand novateur, sans doute; mais si le mouvement qu'il pressa put aboutir sitôt, c'est qu'il trouva des âmes secrètement préparées à recevoir l'impulsion de son éloquence. Il y a de la mélancolie chez Diderot, amant passionné de la nature; il y en a chez Parny même, que Lamartine imita longtemps, et dont en 1815 encore la mort lui inspirait une élégie récitée à l'Académie de Mâcon[2]; Léonard poursuivait dans les bois de Romainville le souvenir des rêveries de sa jeunesse.

1. Voir la lettre à Virieu de septembre 1810.
2. Voir la première partie de notre étude sur André Chénier.

J'ai vu le monde et ses misères;
Je suis las de le parcourir :
C'est dans ces ombres tutélaires,
C'est ici que je veux mourir.

Bertin, dont les élégies inspirèrent aussi Lamartine, écrivait, dans un adieu touchant aux bois aimés qu'il ne devait plus revoir :

Couvrez-moi tout entier de votre enceinte sombre,
O bois hospitaliers! Mes rêveuses douleurs
N'ont pas longtemps, hélas! à jouir de votre ombre.

Ducis, à l'automne (cette saison était déjà la « Muse » du poète), aimait, tantôt, le long d'un ruisseau dont la fuite le faisait penser à la fuite du temps, à écouter les frissonnements du bois voisin, le cri plaintif du vanneau,

Et l'oraison mélancolique
Dont la cloche attendrit les airs;

tantôt, dans ses forêts jaunies, à appeler de ses vœux le souffle des vents, mélancoliques aussi[1]. Fontanes lui-même, dans sa *Chartreuse de Paris* (1783), chante cette arrière-saison qui semble se conformer au deuil du monastère :

Dans ces bois jaunissants j'aime à m'ensevelir;
Couché sur un gazon qui commence à pâlir,
Je jouis d'un air pur, de l'ombre et du silence.

Dans le *Jour des morts*, c'est dans ces bois jaunis que se complaît sa rêveuse douleur :

D'un ami qui n'est plus la voix longtemps chérie
Me semble respirer dans la feuille flétrie.

Mourir en cette saison est bien reçu : on sait qu'avant Lamartine Millevoye mourait volontiers par métaphore. La suprême convenance, déjà, — surtout depuis la traduction d'Ossian par Letourneur (1777), — c'était de rêver à la clarté de la lune, à la lisière d'un bois dépouillé, ou sur le bord de l'eau. Le poète de la *Promenade* (1805), si peu poète dans ses tragédies, M.-J. Chénier, dans les bois de Saint-Cloud, sur les berges de la Seine, se sent ému quand l'astre au front d'argent

1. *A mon ruisseau*. — Lettre à Talma, oct. 1803.

Argente mollement les flots silencieux.

Enfin la forme même de la strophe lamartinienne est trouvée, un demi-siècle avant Lamartine, non seulement par J.-B. Rousseau, qui eut le tort de n'y rien mettre, mais par Malfilâtre, dans son ode sur *le Soleil fixe au milieu des planètes* :

Fier mortel, bannis ces fantômes ;
Sur toi-même jette un coup d'œil :
Que sommes-nous, faibles atomes,
Pour porter si loin notre orgueil ?
Insensés ! nous parlons en maîtres,
Nous, qui dans l'océan des êtres
Nageons tristement confondus ;
Nous, dont l'existence légère,
Pareille à l'ombre passagère,
Commence, paraît, et n'est plus...

Que restait-il donc à découvrir ? Ce que découvrit Lamartine, l'âme ; car pour être un Lamartine, il ne suffit pas de quelques trouvailles de sentiment ou de quelques bonheurs d'expression : il y faut la largeur et la suite du courant poétique. On n'attachera donc qu'une médiocre importance aux ressemblances de détail que les érudits relèvent curieusement entre Lamartine et ses devanciers. Mais on ne dédaignera pas de préciser dans quel milieu intellectuel il a grandi. On ne soutiendra pas que ces vers de P. Lebrun puissent soutenir la comparaison avec l'*Isolement* ni avec le *Lac* :

Couvre-moi tout entier de tes muettes ombres ;
Rassemble autour de moi des bois les plus épais,
Des plus limpides eaux, des voûtes les plus sombres,
La nuit, la fraîcheur et la paix.

. . . .

Ce calme solennel qu'interrompt pour tout bruit
L'accord des avirons qui tombent en cadence,
Et, du sein des rameurs se hâtant en silence,
Le chant du matelot qui monte dans la nuit.

Mais si Lebrun lui-même, peut-être, se souvient de la *Nouvelle Héloïse*[1], il n'est pas sans intérêt d'observer non seulement que la mélancolie est partout dans l'air, mais sous quelles formes littéraires elle se présente avec Lamartine. Son origi-

1. Voyez notre fascicule de Rousseau, p. 37.

nalité foncière n'a rien à craindre de ces comparaisons. On verra mieux seulement en quelle mesure s'explique ce « phénomène », les *Méditations*.

Malgré toutes les réminiscences élégantes, ou peut-être à cause d'elles, malgré l'Italie elle-même, Lamartine n'eût été peut-être qu'un Parny supérieur, sans la crise morale qui le fit poète en le faisant homme. A la fin du printemps de 1812, il était rentré dans sa Bourgogne. En 1814, au lendemain du retour des Bourbons, il est mousquetaire, pour être quelque chose, et, même dans sa garnison de Beauvais, il conçoit une sorte d'ébauche du *Lac*, mal venue encore, car seul le souvenir, vite affaibli, de Graziella l'inspire. Mais, en 1815, il est en Suisse : c'est que Napoléon est revenu, et qu'un gentilhomme ne peut décemment le servir. La paix rétablie, et pour longtemps, il quitte le service militaire, pour lequel il était peu fait, et passe à Milly de longs mois mélancoliques. C'est en septembre 1816, sur les bords du lac du Bourget, près d'Aix-les-Bains, qu'il rencontra celle qu'il immortalisera sous le nom d'Elvire, Mme Julie Charles, jeune femme d'un vieux secrétaire de l'Académie des sciences. Ils s'aimèrent. Mais en septembre 1817, il vint seul s'asseoir sur cette pierre où il l'avait vue assise au précédent automne : elle se mourait. C'est alors qu'il écrivit le *Lac*, sous sa première forme, *Ode au lac de B...* La seconde version idéalise encore cet amour idéalisé déjà dans la première, et idéalisé sans effort, car, pour le jeune rêveur nourri de Pétrarque et d'Ossian, Elvire non seulement est plus femme que Graziella, mais elle est la femme, la première vision claire de l'idéal. Dès lors, il prend en pitié ses élégies artificielles d'autrefois, et il les brûle : c'est un sacrifice facile qu'il doit à la Béatrice de sa jeunesse. Dès lors aussi on peut dire que les *Méditations* sont faites avant même d'être écrites. Il dédaigne maintenant d'imiter les autres : « Ce n'était pas un art, c'était un soulagement de mon propre cœur, qui se berçait de ses propres sanglots... Le public entendit une âme sans la voir[1]. » Il lut pourtant quelques-uns de ces « sanglots » poétiques dans les salons de Mmes de Broglie (fille de Mme de Staël), de Sainte-Aulaire, de la Trémouille, de Raigecourt, où son ami Virieu l'avait présenté; mais si l'*Isolement* fut imprimé, à peu d'exemplaires, au printemps de 1819, le livre ne parut que le 13 mars 1820.

1. Préface des *Méditations* (1849). Il dit dans une lettre à Mlle de Canonge : « C'est un genre neuf dont j'ai eu l'idée. »

II

Les premières « Méditations ». — La part des influences et la part de l'originalité.

Un mot de V. Hugo, dans le *Journal d'un jeune jacobite* (il avait alors dix-huit ans, rend bien ce qu'attendait le public de 1820, et pourquoi les Premières *Méditations poétiques* le ravirent : « Voici donc enfin des poésies d'un poète, des poésies qui sont de la poésie. » Talleyrand, qui ne passa jamais pour un poète, étonné de ce livre qui ne ressemblait à rien de connu, le lisait pendant une nuit entière, et ne laissait pas ignorer à son entourage une admiration capable de créer à elle seule plus qu'un succès, une mode. Bien des critiques, parmi lesquels on choisira ici Théophile Gautier, nous ont dit quelle fut l'impression produite.

Ce volume fut un événement rare dans les siècles. Il contenait tout un monde nouveau, monde de poésie plus difficile à trouver peut-être qu'une Amérique ou une Atlantide. Tandis qu'il semblait aller et venir indifférent parmi les autres hommes, Lamartine voyageait sur des mers inconnues, les yeux sur son étoile, tendant vers un rivage où nul n'avait abordé, et il en revenait vainqueur comme Colomb. Il avait découvert l'âme.

On ne saurait s'imaginer aujourd'hui, après tant de révolutions, d'écroulements et de vicissitudes dans les choses humaines, après tant de systèmes littéraires essayés et tombés en oubli, tant d'excès de pensée et de langage, l'enivrement universel produit par les *Méditations*. Ce fut comme un souffle de fraîcheur et de rajeunissement, comme une palpitation d'ailes qui passait sur les âmes. Les jeunes gens, les jeunes filles, les femmes, s'enthousiasmèrent jusqu'à l'adoration. Le nom de Lamartine était sur toutes les bouches, et les Parisiens, qui pourtant ne sont pas gens poétiques, frappés de folie comme les Abdéritains, qui répétaient sans cesse le chœur d'Euripide : « O amour ! puissant amour, » s'abordaient en récitant quelques stances du *Lac*. Jamais succès n'eut des proportions pareilles.

Lamartine, en effet, n'était pas seulement un poète, c'était la poésie même. Sa nature chaste, élégante et noble semblait tout ignorer des laideurs et des trivialités de la vie : tel était le livre, tel était l'auteur, et le meilleur frontispice qu'on eût pu choisir pour ce volume de vers, c'était le portrait du poète. La lyre entre ses mains et, sur ses épaules, le manteau fouetté par l'orage ne semblaient pas ridicules.

Quel accent profond et nouveau ! quelles aspirations éthérées, quels élancements vers l'idéal, quelles pures effusions d'amour, quelles notes tendres et mélancoliques, quels soupirs et quelles postulations de l'âme que nul poète n'avait encore fait vibrer !

Aujourd'hui comme alors, tous semblent d'accord pour reconnaître que la nouveauté de cette poésie vient de son évidente sincérité d'accent et de son extrême simplicité de composition. Après Th. Gautier, M. Faguet.

Ces sortes de poèmes, absolument nouveaux, à leurs dates, n'étaient autre chose que des *impressions*. « Cela représente huit heures du soir en été, » comme dit Augier quelque part. Pas même cela, car cela peut se peindre; cela représentait avec des mots l'état d'une âme tendre à huit heures du soir en été ou en automne. De propos ferme, Lamartine en écartait tout fait, tout incident, toute circonstance qui, en limitant, en arrêtant sur un certain point l'impression, l'eût déterminée. — C'était risquer de ne plus rien peindre du tout. — C'était, si l'on avait du génie, arriver à exprimer l'âme même dans sa nature intime. Il y a réussi quelquefois. Il ne faut point s'étonner qu'il n'y ait pas réussi souvent.

Tous les sentiments vagues, volontairement et comme par une audacieuse gageure dépouillés de tout ce qui les précise dans le cours ordinaire des choses et permet de leur donner une expression, il les a rendus ainsi, et comme exhalés en leur pureté, avec le plus extraordinaire bonheur. Impression d'une nuit d'été heureuse, sous les étoiles, trop rapide, qu'on voudrait retarder, qui échappe, qui fuit, perdue pour jamais. Au moins que la trace en reste! *Le Lac*. — Impression d'octobre, soleil pâle, sourire d'adieu, langueur de déclin, nature qui s'endort, âme défaillante. Est-ce la mort? *L'Automne*. — Impression d'effacement insensible et muet de toutes choses dans la chute du jour, dans la chute des ans, rivages brouillés dans le crépuscule, gloire sombrant dans le passé : *le Golfe de Baïa*.

On a mauvaise grâce à ne pas s'extasier, comme tout le monde, devant cette simplicité naturelle, et l'on risque de paraître insensible au charme de la poésie lamartinienne en l'analysant. Est-il vrai, pourtant, que la simplicité absolue soit le caractère dominant, presque unique, de ces vers si chaleureusement accueillis par une société si peu simple? Est-il sûr qu'elle en ait goûté la nouveauté seule, et qu'elle n'y ait pas reconnu aussi, aimé, avec quelques-unes de ses aspirations inconscientes, quelques-uns de ses goûts, quelques-unes de ses façons habituelles de sentir ou de parler? Il convient de faire assez large, dans les *Méditations* elles-mêmes, la part non seulement des réminiscences et des imitations, mais de la convention et de la mode. Beaucoup de ces pièces qu'on admire pêle-mêle avec les purs chefs-d'œuvre, sont des pièces composites, dont il n'est pas malaisé de distinguer les éléments, car ils ne sont qu'imparfaitement fondus dans l'ensemble. Une étude comparée de l'*Isolement* et du *Lac* confirmera cette distinction.

Souvent sur la montagne, à l'ombre du vieux chêne,
Au coucher du soleil, tristement je m'assieds;
Je promène au hasard mes regards sur la plaine,
Dont le tableau changeant se déroule à mes pieds.

> Ici gronde le fleuve *aux vagues écumantes;*
> Il serpente, et s'enfonce en un lointain *obscur;*
> Là, le lac immobile étend ses eaux dormantes
> Où l'étoile du soir se lève *dans l'azur.*

Paysage assez vague et qui n'ajoute rien de nouveau à tel autre esquissé par Bertin ou Léonard. Le vieux chêne est de tradition.

> Reposons-nous sous la feuille du chêne.

C'est le refrain d'une ballade de Millevoye. Le coucher du soleil est l'heure obligatoire des rêveries. Est-ce bien « au hasard » que le rêveur promène ses regards sur la plaine? N'y a-t-il pas une antithèse voulue et qui donne l'impression du *non vu,* entre le fleuve aux vagues « écumantes », qui « gronde », et le lac « immobile », aux eaux « dormantes », *où* l'étoile se lève *dans l'azur,* azur du ciel et des eaux, à la fois.

> Au sommet de ces monts couronnés de bois sombres,
> Le crépuscule encor jette un dernier rayon;
> Et *le char vaporeux de la reine des ombres*
> Monte, et blanchit déjà les bords de l'horizon.

Sous une forme vieillie, voici une sensation plus nouvelle et personnelle. Elle vient à Lamartine d'Ossian, qui use et abuse des effets de lune, et mêle au mystère du crépuscule ou de la nuit les mystères de la vie et de la mort. Nous ne sommes pas encore au temps où triomphera sans partage Midi, roi des étés, accusant tous les reliefs de sa lumière crue, accablant toutes les âmes de sa lourde torpeur. Si la lune ossianesque est devenue bientôt l'astre romantique par excellence, c'est qu'en estompant légèrement les contours des choses, en les fondant sans les effacer, dans sa clarté vaporeuse, elle donne l'essor au rêve; c'est qu'elle est comme la lumière de l'âme. Dans ce jour nocturne les êtres vivants eux-mêmes ont des airs de fantômes, et l'imagination la plus saine peut y mêler sans délire les ombres, soit des êtres surnaturels dont les ailes montent et descendent de la terre au ciel, soit des êtres aimés qui ne sont plus. C'est ainsi que, dans le *Soir,* quand « le char de la nuit » s'avance, le poète croit sentir voltiger l'âme des morts dans le rayon voilé qui caresse ses yeux.

> Cependant, *s'élançant* de la flèche *gothique,*
> Un *son religieux* se répand dans les airs :
> Le voyageur s'arrête, et la *cloche rustique*
> Aux derniers bruits du jour mêle *de saints concerts.*

dernière écrite, et qui est, à coup sûr, une des plus irréprochables pour le style, est d'une inspiration purement lamartinienne en ce sens que toutes ces influences, visibles encore à qui regarde de près, s'y sont fondues en une poésie, en une personnalité unique. On n'en est que plus en droit de noter, là et ailleurs, ce que cette poésie a de peu viril. Lui-même, Lamartine, plus mûr, plus largement humain, moins de vingt ans après, a senti et mieux que personne exprimé ce qu'avait eu d'égoïste et d'étroit, dans son charme, son inspiration première. Avec une sévérité peut-être excessive, il a rappelé ce temps où il écoutait son âme « se plaindre et soupirer comme une faible femme ».

Dans l'être universel au lieu de me répandre,
Pour tout sentir en lui, tout souffrir, tout comprendre,
Je resserrais en moi l'univers amoindri;
Dans l'égoïsme étroit d'une fausse pensée
La douleur en moi seul, par l'orgueil condensée,
Ne jetait à Dieu que mon cri !...

Puis mon cœur, insensible à ses propres misères,
S'est élargi plus tard aux douleurs de mes frères;
Tous leurs maux ont coulé dans le lac de mes pleurs,
Et comme un grand linceul que la pitié déroule,
L'âme d'un seul, ouverte aux plaintes de la foule,
A gémi toutes les douleurs[1] !

Osons le dire, puisque aussi bien il l'a dit lui-même, la vraie gloire *morale* de Lamartine, quelques pages divinement belles mises à part, n'est pas dans les premières *Méditations*. Il s'adressait à une génération énervée, dégoûtée de l'action pour avoir trop agi. Exaltée, pendant un quart de siècle, au-dessus de sa propre nature par l'épopée de la Révolution et de l'Empire, elle cherchait maintenant dans la molle élégie un repos nécessaire peut-être, mais d'une lâcheté inconsciente, et l'oubli des rêves de grandeur qui avaient déçu son ambition. Le poète n'avait même pas connu ces rêves belliqueux. Sa famille, étrangère à la Révolution, hostile à l'Empire, n'avait pas voulu qu'il payât pour elle l'impôt du sang; et, pendant que les conscrits de Saône-et-Loire se faisaient tuer un peu partout, lui, devant la baie de Naples ou sur le lac du Bourget, il se laissait aimer par Graziella ou par Elvire. Il fut l'homme de cette époque par son désenchantement élégant et, pour tout dire, maladif, plus encore que par son génie. A ceux qui ne savaient plus combattre,

1. *Recueillements poétiques*; à M. Félix Guillemardet sur sa maladie (15 septembre 1837).

il apprit à pleurer. Si vivre c'est agir, qui veut vivre ne savourera pas longuement le charme de ces plaintes indolentes.

Mais la sincérité de quelques-unes est si évidente et si éloquente qu'elle désarmerait même un censeur pédantesque. Dans le *Lac,* plus de préparations : un cri douloureux jaillit du plus profond de l'âme.

Ainsi, toujours poussés vers de nouveaux rivages,
Dans la nuit éternelle emportés sans retour,
Ne pourrons-nous jamais sur l'océan des âges
Jeter l'ancre un seul jour?

O lac! l'année à peine a fini sa carrière,
Et près des flots chéris qu'elle devait revoir,
Regarde! je viens seul m'asseoir sur cette pierre
Où tu la vis s'asseoir!

« L'océan des âges » est une expression vieille qui est de Léonard; la « carrière » de l'année est une image abstraite et médiocrement poétique. Qui s'en aperçoit? Il ne s'agit plus d'une femme et d'un amour, mais de l'amour et de la femme, du bonheur qui échappe à nos prises, de la vie qui fuit, de la mort qui si vite efface la vie. « Avec l'idéal divin, écrit A. France, les *Méditations* apportaient des accents nouveaux à l'amour; c'était un son grave et plaintif, le cri de détresse de deux êtres perdus dans l'infini, c'était une tristesse plus délicieuse que la joie. Il y mêla la mort, à l'exemple de la nature[1]. » C'est à l'étroite union de la nature et de l'amour que tient l'impérissable magie de ces vers, qui n'ont pas besoin du secours de la musique pour chanter et pleurer à la fois :

Tu mugissais ainsi sous ces roches profondes :
Ainsi tu te brisais sur leurs flancs déchirés;
Ainsi le vent jetait l'écume de tes ondes
Sur ses pieds adorés.

Un soir, t'en souvient-il? nous voguions en silence;
On n'entendait au loin, sur l'onde et sous les cieux,
Que le bruit des rameurs qui frappaient en cadence
Tes flots harmonieux.

1. Le même critique écrit ensuite : « Nul n'eut autant que lui de naturel, et nul ne sentit mieux la nature. On parle volontiers, à propos des poètes modernes, du sentiment de la nature. Lamartine en est pénétré. Il la respire et l'exhale. On croirait qu'il va s'y dissoudre. D'autres, comme Victor Hugo, l'ont mieux vue et mieux décrite; personne ne l'a autant aimée ni si bien sentie que lui. Il n'en fut jamais séparé ni distinct. Son vers et sa prose, plus belle encore peut-être que son vers, sortent tout humides, tout ruisselants de cet océan de sympathie dans lequel il nageait parmi toutes les choses vivantes. Il fut à son heure non seulement poète, mais la poésie même. »

Qu'on essaye de faire ici la part du sentiment et celle de la nature qui l'encadre : on n'y réussira que par un procédé factice d'abstraction. L'âme pénètre la nature; le paysage, réduit à ses traits essentiellement expressifs, est comme spiritualisé[1]. « Les autres grands artistes, a dit M. Jules Lemaître, font poser la nature devant eux. Lamartine ne s'en sépare point, il s'y baigne. » Qu'il se souvienne de la *Nouvelle Héloïse* (IV, 7) et de la promenade aux rochers de la Meilleraie, sur le lac de Genève, cela est assez probable. Rousseau a çà et là quelques lacs au centre de sa vie orageuse, et le solitaire du lac de Bienne paraît bien avoir inspiré au poète du *Vallon* le goût des vagues rêveries que berce la cadence des flots.

> Comme un enfant bercé par un chant monotone,
> Mon âme s'assoupit au murmure des eaux.

Mais si, comme Rousseau, il passe des journées entières « à n'entendre que l'onde, à ne voir que les cieux », s'il tient de là peut-être le don d'exprimer soit la grâce mouvante, soit la tristesse voilée, soit les sonorités inégales des choses fluides, il ne lui doit pas, comme beaucoup le disent, son sentiment même de la nature. Rousseau n'aime pas la nature pour elle-même, mais pour soi-même : il l'aime, pour ainsi dire, par réaction, et pour le contraste qu'elle lui offre avec une société qu'il fuit; il cherche dans la solitude l'oubli des hommes, mais trop souvent il y porte des ressouvenirs amers qui en altèrent la paix. Ses invocations au Grand Être, ses pâmoisons, n'y font rien : c'est en égoïste qu'il jouit de la nature. Lamartine ne recherche pas la solitude en misanthrope; il n'aime pas la nature en tyran qui lui impose son « moi » tourmenté; il se sent aimé, invité, consolé par elle. Et ce qui le console, c'est précisément ce qui indigne d'autres grands poètes pessi-

1. « Dans cette immortelle pièce du *Lac*, où la passion parle une langue que jamais la plus belle musique n'a pu égaler, la nature vaporeuse apparaît comme à travers une gaze d'argent reculée, éloignée, peinte en quelques touches, pour faire un cadre et servir de fond à cet impérissable souvenir, et cependant l'on voit tout : la lumière, le ciel, l'eau, les rochers et les arbres de la rive, les montagnes de l'horizon, et chaque vague qui jette son écume sur les pieds adorés d'Elvire. » (Th. Gautier.)

« En peignant ainsi la nature à grands traits et par masses, en s'attachant aux vastes bruits, aux grandes herbes, aux larges feuillages, et en jetant au milieu de cette scène indéfinie et sous ces horizons immenses tout ce qu'il y a de plus vrai, de plus tendre et de plus religieux dans la mélancolie humaine, Lamartine a obtenu du premier coup des effets d'une simplicité sublime, et a fait, une fois pour toutes, ce qui n'était qu'une seule fois possible. » (Sainte-Beuve.)

mistes, c'est la sereine immutabilité des lois naturelles. Tout change, pour l'homme; mais « la nature est la même ». On s'irrite en vain contre elle si on lui demande de s'associer à nos colères et à nos douleurs, mais ce n'est pas en vain qu'on lui demande de nous communiquer sa paix. Et c'est parce qu'elle est la nature immortellement paisible qu'elle est la nature bienfaisante. Complice de nos passions, elle ne saurait l'être; confidente de nos misères, elle l'est avec une calme indulgence; mais elle est surtout le témoin qui éternellement se souvient.

O lac! rochers muets! grotte! forêt obscure!
Vous que le temps épargne ou qu'il peut rajeunir,
Gardez de cette nuit, gardez, belle nature,
Au moins le souvenir!

Qu'il soit dans ton repos, qu'il soit dans tes orages,
Beau lac, et dans l'aspect de tes riants coteaux,
Et dans ces noirs sapins, et dans ces rocs sauvages
Qui pendent sur tes eaux!

Qu'il soit dans le zéphyr qui frémit et qui passe,
Dans les bruits de tes bords par tes bords répétés,
Dans l'astre au front d'argent qui blanchit ta surface
De ses molles clartés.

Que le vent qui gémit, le roseau qui soupire,
Que les parfums légers de ton air embaumé,
Que tout ce qu'on entend, l'on voit ou l'on respire,
Tout dise : « Ils ont aimé! »

Il n'y a qu'une note douteuse dans cette admirable méditation qui est déjà presque en tout une « harmonie ». Le silence de la nuit est troublé par une sorte d'hymne mélancolique et passionné, dont on a remarqué que le début : « O temps, suspends ton vol! » est emprunté à une ode du bon Thomas, le plus académique des prosateurs du XVIIIe siècle. C'est Elvire qui parle, ou qui chante : la dernière strophe qui sort de sa bouche est d'un épicurisme élargi sans doute[1], et attendri, qui, dans la bouche même de son jeune compagnon, à ce moment, eût déplu, mais qui, exposé par elle, froisse en nous je ne sais quelle délicatesse secrète. Malgré ce mélange, à peine distinct,

1. « Au *Carpe diem* des Horace et des Parny ajoutez le sentiment religieux, et, si vous avez du génie, vous écrivez le *Lac*. Non que le nom de Dieu soit ici prononcé; mais par le seul mouvement ascensionnel de l'amour et du désir, par la soif d'étendre son être, de le dédier à l'univers et de rattacher l'éphémère à l'éternel, le traditionnel épicurisme est agrandi jusqu'aux étoiles. » (J. LEMAÎTRE.)

d'épicurisme épuré, la pièce, dans son ensemble, reste d'une pureté et d'une tristesse presque chrétiennes. De l'étroit individualisme qui faisait le fond de l'*Isolement*, le poète s'est élevé à la sympathie pour d'autres souffrances que la sienne, et c'est la souffrance humaine qui nous émeut dans la souffrance d'un seul.

Ce n'est pas par une association d'idées artificielle qu'on rapproche ici le sentiment chrétien de l'amour humain : dans les *Méditations*, ils sont inséparables et s'expliquent l'un par l'autre. Le vrai caractère de l'amour, chez Lamartine, n'y peut être défini que si l'on se souvient de la crise morale traversée alors par le poète de Graziella devenu le poète d'Elvire, tour à tour ou même simultanément épicurien, néo-platonicien, néo-chrétien surtout. L'épicurien vit encore dans des pièces dont la date est sensiblement antérieure à celle de la dernière des *Méditations*, l'*Automne* (le *Golfe de Baïa*, l'*Hymne au soleil*), et même, on vient de le voir, au cours des pièces les plus dégagées en apparence des impressions sensuelles. C'est justement ce conflit entre les réminiscences épicuriennes et les aspirations chrétiennes qui fait pour nous, et faisait déjà peut-être pour les contemporains, à leur insu, l'intérêt de ce petit livre si nouveau, caractéristique non seulement du génie d'un poète, mais de l'état d'âme d'une époque. Sans ce grain d'épicurisme, le pur idéalisme des premières *Méditations* n'eût-il pas surpris plus encore que charmé des Français qui n'étaient pas tous pénétrés de Pétrarque et d'Ossian?

D'autre part, la religion des *Méditations* se comprend mal, séparée de l'amour. « Lamartine a conçu l'amour d'une manière dont l'originalité suffirait à lui donner entrée dans le chœur des grands lyriques. Il y a vraiment eu la révélation de Dieu lui-même. Quelqu'un a dit à ce propos : « Mais alors, si Lamartine n'aimait pas, il ne *croirait* donc pas? » Et je réponds sans hésiter : « Non, il ne *croirait* pas. L'amour lui est, positivement, une preuve de Dieu[1]. » Nature, amour, Dieu, ces trois objets peuvent être envisagés à part dans l'œuvre de Lamartine, mais pour lui n'en ont jamais fait qu'un. Voyez comment est construit le poème de l'*Immortalité*, fragment tronqué, dit le poète, d'une longue contemplation sur les destinées de l'homme, adressé à une jeune femme malade, découragée, « et dont les espérances d'immortalité étaient voilées dans son

1. Brunetière, *l'Évolution de la poésie lyrique au dix-neuvième siècle.*

cœur par le nuage de ses tristesses. » — « Moi-même, ajoute-t-il, j'étais plongé alors dans la nuit de l'âme; mais la douleur, le doute, le désespoir, ne purent jamais briser tout à fait l'élasticité de mon cœur souvent comprimé, toujours prêt à réagir contre l'incrédulité et à relever mes espérances vers Dieu. Le foyer de piété ardente que notre mère avait allumé et soufflé de son haleine incessante dans nos imaginations d'enfant, paraissait s'éteindre quelquefois au vent du siècle et sous les pluies de larmes des passions : la solitude le rallumait toujours. Dès qu'il n'y avait personne entre mes pensées et moi, Dieu s'y montrait, et je m'entretenais, pour ainsi dire, avec lui. » Mais, quoi qu'il dise, ce n'est pas à la piété de sa mère qu'il revenait alors, c'est à la religion naturelle, à celle que le Vicaire savoyard lui avait enseignée. La preuve de l'immortalité de l'âme, c'est au sentiment seul qu'il la demande. La question est résolue, avant même d'être posée, par un élan instinctif.

Je te salue, ô mort! Libérateur céleste,
Tu ne m'apparais point sous cet aspect funeste
Que t'a prêté longtemps l'épouvante ou l'erreur;
Ton bras n'est point armé d'un glaive destructeur,
Ton front n'est point cruel, ton œil n'est point perfide;
Au secours des douleurs un Dieu clément te guide;
Tu n'anéantis pas, tu délivres : ta main,
Céleste messager, porte un flambeau divin :
Quand mon œil fatigué se ferme à la lumière,
Tu viens d'un jour plus pur inonder ma paupière;
Et l'espoir près de toi, rêvant sur un tombeau,
Appuyé sur la foi, m'ouvre un monde plus beau.
Viens donc, viens détacher mes chaînes corporelles!
Viens, ouvre ma prison; viens, prête-moi tes ailes!
Que tardes-tu? Parais; que je m'élance enfin
Vers cet être inconnu, mon principe et ma fin.

Alors seulement le problème de la destinée est posé, et la réflexion intervient. Il ne sait rien de tout ce qu'il devrait savoir, et pourtant il ne peut pas ne pas espérer.

Oui, tel est mon espoir, ô moitié de ma vie.

C'est animé de cet espoir qu'il la voit languir sans effroi, qu'il mourra lui-même en souriant. Les objections des disciples d'Épicure ne l'arrêtent plus désormais. Eh quoi! tout périt autour de l'homme, et l'homme seul rêve de l'éternité!

Qu'un autre vous réponde, ô sages de la terre !
Laissez-moi mon erreur : *j'aime, il faut que j'espère ;*
Notre faible raison se trouble et se confond.
Oui, la raison se tait ; mais l'instinct vous répond.
Pour moi, quand je verrais dans les célestes plaines
Les astres, s'écartant de leurs routes certaines,
Dans les champs de l'éther l'un par l'autre heurtés,
Parcourir au hasard les cieux épouvantés ;
Quand j'entendrais gémir et se briser la terre ;
Quand je verrais son globe errant et solitaire,
Flottant loin des soleils, pleurant l'homme détruit,
Se perdre dans les champs de l'éternelle nuit ;
Et quand, dernier témoin de ces scènes funèbres,
Entouré du chaos, de la mort, des ténèbres,
Seul, je serais debout : seul, malgré mon effroi,
Être infaillible et bon, j'espérerais en toi ;
Et, certain du retour de l'éternelle aurore,
Sur les mondes détruits je t'attendrais encore !

L'instinct, c'est-à-dire le sentiment, a seul répondu; et le poème n'est pas fini sur cet élan, mais le reste n'est pas davantage un essai de démonstration rationnelle; c'est un retour attendri à Elvire et à leurs entretiens d'autrefois, une méditation où la nature, l'amour et Dieu sont confondus, un *Lac* moins élégiaque dans la forme, mais tout à fait identique pour l'esprit. Il n'est même pas sans intérêt de noter qu'ici encore c'est Elvire qui expose la doctrine morale du poète, et, proclamant que l'amour est la fin de l'être humain, s'élève sans effort de l'amour terrestre à l'amour divin :

« Et cependant, ô Dieu ! par sa sublime loi,
Cet esprit abattu s'élance encore à toi,
Et, sentant que l'amour est la fin de son être,
Impatient d'aimer, brûle de te connaître ! »

Tu disais ; et nos cœurs unissaient leur soupirs
Vers cet être inconnu *qu'attestaient nos désirs.*
A genoux devant lui, l'aimant dans ses ouvrages,
Et l'aurore et le soir lui portaient nos hommages,
Et nos yeux enivrés contemplaient tour à tour
La terre notre exil, et le ciel son séjour.

Quoi d'étonnant à ce que ceux qui aiment remontent ainsi « d'un seul bond » vers Dieu

A travers l'infini, sur l'aile de l'amour ?

L'amour est l'infini déjà. L'instinct de sympathie expansive qui nous porte à vivre dans autrui, c'est la chaîne d'or qui relie la terre au ciel. Infini, l'amour ne peut être qu'immortel.

Après un vain soupir, après l'adieu suprême
De tout ce qui t'aimait, n'est-il plus rien qui t'aime?...
Ah! sur ce grand secret n'interroge que toi!
Vois mourir ce qui t'aime, Elvire, et réponds-moi!

Un dialecticien sourirait de cette argumentation toujours superficielle, parfois incohérente, où les mouvements de l'âme en sens divers tiennent lieu de raisons solides; mais un homme de sentiment sera convaincu, parce qu'il sera touché. De même dans *la Semaine sainte à la Roche-Guyon* Lamartine s'écrie :

Que ma raison se taise *et que mon cœur adore!*
La croix à mes regards révèle un nouveau jour :
Aux pieds d'un Dieu mourant puis-je douter encore?
Non : *l'amour m'explique l'amour.*

La philosophie religieuse des premières *Méditations* se réduit donc à une assez vague religion du sentiment. Au moment où il écrit ces derniers vers, chez son ami le jeune duc de Rohan, qui va entrer dans les ordres, Lamartine est chrétien d'instinct, il n'est pas catholique de croyance : il envie son ami et ne se sent pas disposé à l'imiter : « Mais je doute, je voudrais, je désire, j'espère, plutôt que je ne crois fermement [1]. » Il n'en prodiguait pas moins ses hommages à ceux qui croyaient, à M. de Genoude (*la Poésie sacrée*), à l'abbé de Lamennais (*Dieu*); ses adjurations à ceux qui ne croyaient pas. On se demande quel accueil fit Lamennais aux vers qui lui étaient dédiés. Le poète y supplie Dieu de sortir de son long repos, d'offrir de nouveaux miracles aux esprits flottants, de changer l'ordre des cieux qui ne nous parlent plus :

Viens, montre-toi toi-même et *force-nous de croire.*

Musset se souviendra-t-il de Lamartine lorsque, dans l'*Espoir en Dieu,* il adressera à la Divinité la même et assez enfantine prière, ou, si l'on veut, la même sommation? Qu'il s'en souvienne ou non, la rencontre n'est pas des plus flatteuses pour le futur poète des *Harmonies*. Sur la profondeur, sinon sur la sincérité de la religion lamartinienne, les meilleurs critiques sont peu

1. *Correspondance*, t. II, p. 362-363. — « Voulant avec passion croire en Dieu, en l'immortalité de l'âme, il avait à s'affermir lui-même dans cette foi, et il dissertait, il argumentait contre les détracteurs des dogmes qui lui étaient le plus chers. » (De Pomairols.) Le 29 octobre 1819, il écrit à Mme de Raigecourt : « Ce n'est pas le désir de la foi qui me manque, c'est le principe de la foi. »

d'accord. « Le mystère de la destinée humaine, dit M. Faguet, sans l'inquiéter, car il ne s'est jamais inquiété de rien, l'intéresse. » Edmond Schérer est d'un avis tout opposé.

Comment un lecteur aussi attentif que M. Faguet a-t-il pu écrire que le mystère de la destinée intéresse Lamartine sans l'inquiéter? Nous n'avons aucun poète, au contraire, qui ait agité plus douloureusement les grands problèmes. La vraie note, dans les *Méditations*, la note profonde, sincère, ce n'est pas la foi, — elle y est affaire de sentiment passager, de bonne volonté, de tentative, on le sent bien, tout comme chez Chateaubriand, Victor Hugo et Sainte-Beuve; — non, l'accent caractéristique, c'est la plainte de Job, c'est le *lamma sabacthani* du Christ:

Une plainte à son père, un pourquoi sans réponse.

Le morceau du *Désespoir*, dans les premières *Méditations*, n'y est point isolé; la pièce adressée à lord Byron a beau se terminer par un « Gloire à toi! » elle est moins éloquente dans l'expression du bonheur de la soumission que dans celle des tourments de l'âme à la recherche du mot de l'univers.

Le *Désespoir* est une fantaisie d'accent byronien où les beaux vers ne manquent pas, mais où l'on ne sent pas l'accent d'un pessimisme très convaincu; et quel Dieu que celui qui, après avoir fait le monde, mécontent de son œuvre, le lance « d'un pied dédaigneux » dans l'espace! La pièce adressée à Byron, *l'Homme*, plus sincèrement lamartinienne, n'est pas faite pour émouvoir beaucoup un incrédule. Que dit-elle, sinon que la loi du monde est obscure et qu'il est dangereux de la juger, car plus on sonde cet abîme, plus on s'y perd? Tout se réduit à l'affirmation d'une foi instinctive :

J'ai vu partout un Dieu sans jamais le comprendre.

Les seuls vers de cette pièce qui soient populaires, c'est la définition spiritualiste et platonicienne de l'homme, ce « Dieu tombé qui se souvient des cieux ». Ne faisons donc pas de Lamartine un désespéré. Optimiste, il l'est dans les *Méditations*, et il le sera toujours. Mais cet optimisme, un peu banal ici, se fera de plus en plus sérieux et profond; cette philosophie religieuse, vague et parfois équivoque, quand l'amour de la créature et l'amour du Créateur sont trop étroitement associés, sans cesser d'être toute personnelle et sentimentale, inspirera des accents d'une plus grave éloquence à l'auteur des *Harmonies*.

III

Des premières « Méditations » aux « Harmonies » (1820-1830).

On assure que Lamartine hésita quelque temps à publier son premier recueil, de peur qu'il ne fît tort à sa carrière de futur diplomate. Cette crainte était vaine : un mois après le grand succès des *Méditations*, en avril 1820, il était nommé attaché à la légation de Naples, d'où il passera un peu plus tard à celle de Florence. En juin, il épousait une jeune Anglaise, admiratrice de ses vers, Mlle Birch. Elle lui apportait quelque fortune, et un dévouement dont il sentira tout le prix aux mauvais jours. Il avait écrit, dans l'*Automne :*

> Peut-être l'avenir me gardait-il encore
> Un retour de bonheur dont l'espoir est perdu.
> Peut-être dans la foule une âme que j'ignore
> Aurait compris mon âme, et m'aurait répondu.

Ce que le « mourant » des premières *Méditations* croyait réalisable, se réalisa : il vécut, et il fut heureux. Avec sa vie, son œuvre se rasséréna. Il avait alors trente ans, et l'on voit par sa correspondance qu'il aspirait à s'élever au-dessus de l'élégie pour atteindre aux grands sujets. La *Mort de Socrate*, qui fut pour le public la révélation de cette tendance nouvelle, ne parut qu'en septembre 1823, un mois avant les *Nouvelles Méditations*.

Nous ne partageons plus l'enthousiasme de Jouffroy pour cette *Mort de Socrate* qui ramène le *Phédon* aux proportions et au ton d'une élégie. Toutes les œuvres de circonstance perdent le meilleur de leur intérêt quand trois quarts de siècle ont passé sur elles. Or, on était ou l'on se croyait fort platonicien en ce temps où Joubert se déclarait *Platone platonior*, où Victor Cousin, loué sans mesure dans l'*Avertissement* de Lamartine, commençait à composer son « admirable » traduction de Platon; Lamartine lui-même jugeait « presque divine[1] » la doctrine de Platon, et, certes, plus que Cousin, il avait l'âme platonicienne. Il y a un grand poète chez le grand philosophe

1. Lettre du 30 mai 1822 à Fréminville, son intime ami, qui lui avait fait lire le *Phédon* et l'*Apologie*.

grec. Mais y avait-il un grand philosophe chez Lamartine? et peut-on même dire, avec M. Faguet, qu'il ait traduit ici Platon « en homme qui est du pays »? La haute raison de Platon peut être éloquente, et aussi, çà et là, peut être obscure. Mais, dans l'expression, elle est toujours simple et n'est jamais vague. Lamartine est souvent vague et n'est pas toujours simple. On s'attend bien à ce que la nature soit associée moins discrètement que chez Platon à ce drame tout moral : le soleil se lève quand s'ouvre la porte de la prison de Socrate, il se couche quand l'entretien touche à sa fin. Autour du sage qui va mourir, ses disciples et sa famille sont ingénieusement mais trop dramatiquement groupés. Socrate lui-même, plus soucieux qu'on ne voudrait de l'effet à produire, prend et garde volontiers certaines attitudes que le poète marque avec complaisance. Il meurt longuement, avec majesté tour à tour et avec grâce, mais surtout avec éloquence.

Quoi! vous pleurez, amis! vous pleurez quand mon âme,
Semblable au pur encens que la prêtresse enflamme,
Affranchie à jamais du vil poids de son corps,
Va s'envoler aux dieux, et, dans de saints transports,
Saluant ce jour pur, qu'elle entrevit peut-être,
Chercher la vérité, la voir et la connaître!
Pourquoi donc vivons-nous, si ce n'est pour mourir?
Pourquoi pour la justice ai-je aimé de souffrir?
Pourquoi dans cette mort qu'on appelle la vie,
Contre ses vils penchans luttant, quoique asservie,
Mon âme avec mes sens a-t-elle combattu?
Sans la mort, mes amis, que serait la vertu?...
C'est le prix du combat, la céleste couronne
Qu'aux bornes de la course un saint juge nous donne,
La voix de Jupiter qui nous rappelle à lui!
Amis, bénissons-la! Je l'entends aujourd'hui :
Je pouvais, de mes jours disputant quelque reste,
Me faire répéter deux fois l'ordre céleste.
Me préservent les dieux d'en prolonger le cours!
En esclave attentif, ils m'appellent, j'y cours!
Et vous, si vous m'aimez, comme aux plus belles fêtes,
Amis, faites couler des parfums sur vos têtes,
Suspendez une offrande aux murs de la prison!...

Mais il discourt plus qu'il ne discute, et si quelque disciple interrompt de loin en loin, par une question timide, ce trop ample monologue, c'est pour fournir au maître infatigable l'occasion d'un développement nouveau ou d'un nouveau trait. Chez Platon, quand Socrate a bu le poison, il quitte ses amis et la vie sur quelques paroles brèves et fermes. Ses disciples respectent son silence et ne le poursuivent pas, comme Cébès chez Lamartine, de leurs questions curieuses et déplacées. Le Socrate francisé est éloquent jusqu'à la mort. Dans sa naïve imprudence, Lamartine a voulu que la traduction du *Phédon* pût être consultée à la suite de ses vers et rapprochée d'eux. « Criton, dit-il, et ce furent ses dernières paroles, nous devons « un coq à Esculape; n'oublie pas d'acquitter cette dette. — « Cela sera fait, répondit Criton, mais vois si tu as encore « quelque chose à nous dire. » Il ne répondit rien. »

> Aux dieux libérateurs, dit-il, qu'on sacrifie :
> *Ils m'ont guéri.* — De quoi? dit Cébès. — *De la vie.*

Mais quel poète supporterait un tel parallèle ? Ce n'est pas Platon qu'il faut opposer ici à Lamartine, c'est Lamartine qu'il faut comparer à lui-même, car il transforme tout en lui : c'est Lamartine, non Platon, ni surtout le vrai Socrate, qui allonge et de plus en plus attendrit cet entretien : la conception de la Divinité, de l'infini dans les cieux et dans l'âme du juste, de l'amour, « lien des dieux et des mortels », nous l'avons rencontrée déjà dans les premières *Méditations,* nous la retrouverons dans les *Nouvelles Méditations* et les *Harmonies,* et c'est à ce titre que la *Mort de Socrate* mérite d'être étudiée, admirée peut-être encore. Platon avait idéalisé Socrate ; Lamartine reçoit de ses mains ce Socrate idéal, et, à son tour, le baptise chrétien, si bien que Socrate discourt avec onction et compétence du dogme de la Trinité[1]. Cela pourrait s'intituler *le Socrate chrétien* ou encore *Méditations nouvelles sur l'immortalité de l'âme,* car c'est aux *Nouvelles Méditations,* beaucoup plus naturellement qu'aux premières, que la *Mort de Socrate* se rattache.

Les *Nouvelles Méditations,* en effet, marquent un progrès dans le sens, non pas peut-être de la gravité philosophique (les traces de l'ancien épicurisme y sont encore trop reconnaissables), mais de l'émotion religieuse : il suffit de citer *le Crucifix,* qui se passe de commentaire. La foi du poète est indécise encore : à la voix de l'espérance il oppose la voix de la nature ; il se demande laquelle a raison, et il ne se prononce pas (*Réflexion*) :

1. Sur quelques-unes de « ces dissonances », voyez le *Phédon,* édit. Couvreur, Hachette, Introduction. On y note aussi quelques confusions amusantes : Lamartine croit que le mot *théorie* désigne un vaisseau. De la *triade,* dont Socrate parle un moment, il a fait la Trinité.

Ce monde est une énigme. Heureux qui la devine!

Mais les larges « Méditations », ou plutôt « contemplations », car le vrai titre des deux recueils devrait être *Contemplations et Méditations*, prennent une envergure nouvelle, et le poème des *Étoiles* [1] révèle un génie déjà mûr.

Cependant la nuit marche, et sur l'abîme immense
Tous ces mondes flottants gravitent en silence,
Et nous-même, avec eux emportés dans leur cours,
Vers un port inconnu nous avançons toujours.
Souvent pendant la nuit, au souffle du zéphire,
On sent la terre aussi flotter comme un navire;
D'une écume brillante on voit les monts couverts
Fendre d'un cours égal le flot grondant des airs;
Sur ces vagues d'azur, où le globe se joue,
On entend l'aquilon se briser sous la proue,
Et du vent dans les mâts les tristes sifflements,
Et de ses flancs battus les sourds gémissements;
Et l'homme, sur l'abîme où sa demeure flotte,
Vogue avec volupté sur la foi du pilote!
Soleils! mondes errants qui voguez avec nous,
Dites, s'il vous l'a dit, où donc allons-nous tous?
Quel est le port céleste où son souffle nous guide?
Quel terme assigna-t-il à notre vol rapide?
Allons-nous sur des bords de silence et de deuil,
Échouant dans la nuit sur quelque vaste écueil,
Semer l'immensité des débris du naufrage?
Ou, conduits par sa main sur un brillant rivage,
Et sur l'ancre éternelle à jamais affermis,
Dans un golfe du ciel aborder endormis?

Dans sa préface à M. Dargaud (juillet 1849), Lamartine recherche pourquoi les *Nouvelles Méditations* n'ont pas excité le même enthousiasme que les premières : « C'est, dit-il, que les premières étaient les premières, et que les secondes étaient les secondes... La nouveauté en tout est un immense élément de succès : c'étaient les feuilles du même arbre, de la même sève, de la même tige, de la même saison. » Ceci n'est qu'à demi vrai. Il est certain que, le premier enchantement dissipé, le public, toujours avide de nouveau, n'était plus capable d'accueillir avec les mêmes transports un second volume de *Méditations*. Mais on ne donne pas impunément une « suite » aux chefs-d'œuvre. On ne refait pas le *Lac*, et Lamartine n'a pas

1. « Le ciel étoilé est la révélation visible de l'infini. L'œil n'y cherche pas seulement la vérité, mais il y cherche l'amour, surtout l'amour évanoui ici-bas. Ces lueurs sont des âmes, des regards, des silences pleins de voix connues. »

essayé de le refaire. Seulement, s'il n'a pas songé à exploiter le succès triomphal de son premier livre, il a souffert qu'un libraire y songeât pour lui. « Je viens, écrit-il à Virieu (15 février 1823), de vendre quatorze mille francs comptant mon deuxième volume des *Méditations*, livrable et payable cet été. Ayant vendu mon livre, il a bien fallu le faire, et je m'y suis donc mis depuis quelques jours. » On a remarqué que le nouveau recueil dévait avoir sur le premier l'avantage de la variété, puisque le poète était obligé, cette fois, de choisir, de chercher même ses sujets. Mais, au public, il devait paraître, précisément pour cela, moins spontané, plus voulu. Et nous n'en sommes pas réduits à deviner quelle fut l'impression de ce public, car Vigny, dans une lettre du 3 octobre à V. Hugo, nous la donne toute vive : « L'ensemble est fort inférieur aux premières; le ton est désuni, et on a l'air d'avoir réuni toutes les rognures du premier ouvrage et les essais de l'auteur depuis qu'il est né... Cependant, je ne crois pas que M. de Lamartine ait rien fait qui égale les *Préludes* et les dernières strophes surtout, *Bonaparte* et le *Chant d'amour*. Il y a en général dans tous ses ouvrages une verve de cœur, une fécondité d'émotion, qui le feront toujours adorer, parce qu'il est en rapport avec tous les cœurs. » Deux des poèmes qu'excepte Vigny peuvent caractériser le mérite, plus original qu'il ne le juge, des *Nouvelles Méditations*. Les *Préludes*, dédiés à V. Hugo, sont un puissant effort, à demi heureux, pour réaliser la grande poésie. Ce n'est pas dans la partie épique, jadis si admirée, qu'ils sont vraiment admirables; il s'y mêle trop d'alexandrins pompeux et de périphrases vieillies : tubes enflammés, bronzes qui font gronder leur tonnerre, salpêtre qui éclate. Mais le rythme s'assouplit pour exprimer des souvenirs personnels sur un ton plus familier :

O vallons paternels, doux champs, humble chaumière,
Au bord penchant des bois suspendue aux coteaux,
Dont l'humble toit, caché sous des touffes de lierre,
Ressemble au nid sous les rameaux;

Gazons entrecoupés de ruisseaux et d'ombrages,
Seuil antique, où mon père, adoré comme un roi,
Comptait ses gras troupeaux rentrant des pâturages,
Ouvrez-vous! ouvrez-vous! c'est moi.

Oui, je reviens à toi, berceau de mon enfance,
Embrasser pour jamais tes foyers protecteurs.
Loin de moi les cités et leur vaine opulence!
Je suis né parmi les pasteurs...

Bien qu'il exagère à la fois l'humilité de la « chaumière » qui l'a vu naître et la rustique souveraineté de son père, bien qu'il ait grandi en des milieux et sous des influences aristocratiques, il ne se trompe pas sur la source où il a puisé son amour profond de la nature vraie. Il a commencé par être, ainsi que Virgile, un jeune paysan ingénu, ouvrant ses yeux à l'éclat de tous les rayons, à la beauté de toutes les formes, pénétré de ce qu'il y a d'auguste dans les actes les plus familiers de la vie aux champs, et c'est pourquoi, s'il a été plus que le Virgile de la France, il a été surtout cela. Plus que Virgile même il a porté une âme religieuse dans la contemplation des choses de la campagne, qu'il ne sépare pas un seul instant des choses de l'âme. La maison où l'on vit, où l'on aime, est toujours au fond du paysage; la nature ne serait pas complète sans la famille. C'est ainsi qu'il a créé, non pas la poésie des choses réelles telle que l'entendait un Sainte-Beuve, mais la poésie de la réalité ennoblie, attendrie, une poésie réaliste et idéale à la fois, puisque tout y est vrai, mais que tout y est vu à travers le prisme de l'âme. On a pu le comparer, sous ce rapport, à Wordsworth et aux *lakists* anglais[1]; mais il est aussi près qu'eux de la terre, et il est plus près du ciel.

Dans *Bonaparte*, une autre source d'inspiration s'ouvrait. Jusqu'alors le poète ne savait que son âme et ne chantait qu'elle. Les événements extérieurs, les souvenirs d'un passé récent, d'où V. Hugo, moins emprisonné dans son « moi », plus attentif aussi à plaire, exprimait avec force une poésie plus variée, semblaient le laisser indifférent. Mais Napoléon Ier venait de mourir à Sainte-Hélène, et Lamartine écrivit *Bonaparte*. Soustrait par ses parents aux obligations militaires, élevé dans la haine du despote, il avait échappé au charme qui domina long-

1. « La nature est bien pour Wordsworth le grand mystère, mais un mystère vivant; non une abstraction, une conception, mais un être, une âme. Il ne la généralise jamais, ne la laisse jamais s'atténuer sous forme d'idée; il l'individualise au contraire dans chacune de ses manifestations, les bois, le rocher, le torrent. Et il reconnaît sa souveraineté. Il l'interroge comme un oracle. Il recueille ses inspirations comme les accents d'une sagesse supérieure. La science, pour lui, consiste à essayer de déchiffrer ses énigmes, la vertu et la félicité à se placer sous son influence, à se mettre en harmonie avec elle. Je ne sais à comparer à Wordsworth, pour ce genre d'adoration soumise et passionnée, que Rousseau et Lamartine. Sauf que Rousseau y met quelque chose de maladif, et que Lamartine compte bien en tirer de beaux vers mélodieux. Wordsworth, lui, a l'âme saine et ne s'écoute pas chanter. Il est vrai que Lamartine, en revanche, a le sentiment plus tragique et l'expression plus sublime. Il a un élément de drame intérieur qui manque à Wordsworth. Lamartine est plus grand lorsque, un doigt levé vers le ciel, il nous rend attentif aux voix d'en haut. » (E. Schérer.)

temps ses contemporains les plus illustres. Et pourtant, ce juge sévère n'écrit pas une haineuse satire, mais une méditation grave, légèrement mélodramatique, dans quelques mouvements ou quelques traits, toujours éloquente et d'une éloquence toute nouvelle chez lui.

Les dieux étaient tombés, les trônes étaient vides;
La Victoire te prit sur ses ailes rapides;
D'un peuple de Brutus la gloire te fit roi.
Ce siècle dont l'écume entraînait dans sa course
Les mœurs, les rois, les dieux..., refoulé vers sa source,
Recula d'un pas devant toi...

Tu grandis sans plaisir, tu tombas sans murmure.
Rien d'humain ne battait sous ton épaisse armure :
Sans haine et sans amour, tu vivais pour penser.
Comme l'aigle régnant dans un ciel solitaire,
Tu n'avais qu'un regard pour mesurer la terre,
Et des serres pour l'embrasser.

Il serait injuste de dire que les premières *Méditations* aient eu la grâce sans la force, mais c'est la première fois, ce semble, qu'éclate la réelle vigueur interne de ce génie lamartinien, souvent méconnue, parce que, chez Lamartine comme chez Racine, elle se revêt d'harmonie. Cette vigueur n'apparaît encore que par intermittences, et la pièce caractéristique des *Nouvelles Méditations*, après tout, c'est plutôt le *Poète mourant*, car il ne s'est pas encore décidé virilement à vivre. C'est dans ce même *Poète mourant*, d'ailleurs, qu'il a si bien caractérisé ce qu'il y a d'instinctif dans sa poésie :

Je chantais, mes amis, comme l'homme respire,
Comme l'oiseau gémit, comme le vent soupire,
Comme l'eau murmure en coulant.

Et c'est bien par cette façon de concevoir la poésie, de la réaliser presque sans le vouloir, qu'il diffère si profondément de tous les poètes contemporains, peut-être de tous les poètes français. Mais la définir ainsi, c'est la faire toute nature, c'est en exclure toute espèce d'art, et il allait être un grand artiste dans les *Harmonies*.

Pourquoi, avant les *Harmonies*, le *Pèlerinage de Childe Harold* (1825), si ce n'est pour élever la voix en faveur de l'indépendance grecque? Très sincèrement, Lamartine admirait Byron; mais dans son admiration il y avait de l'étonnement et presque du scandale. Cet extraordinaire mélange d'ironie et de sensibilité, de curiosité et d'ennui, ces révoltes amèrement savourées et ces furtifs attendrissements, cette gaieté même qui sort du désespoir et qui est plus désespérée que lui, le poète du *Lac* et du *Crucifix* était peu fait pour comprendre tout cela. Il fait de Harold un pleureur à nacelle: « Suivons ses pas *aux traces de ses pleurs.* » Pour continuer Byron, il eût fallu n'être pas le contraire de Byron. Le charme piquant et troublant du poème anglais, c'est que le poète et son héros, on le sent, ne font qu'un, bien que le poète prétende faire vivre son héros d'une vie propre. Harold, c'est Byron dédoublé et qui se regarde agir.

> Mystérieux héros! c'était moi, j'étais lui.

Le dédoublement est si entier chez Lamartine qu'il traite son héros non pas seulement en étranger, mais presque en adversaire :

> Du sceptique Harold le doute est la doctrine...
> O Christ, pardonne-lui !...
> Voix céleste, qui parle au bord des mers profondes,
> Harold aussi t'entend, mais ne te comprend pas.

Plus de fantaisies, dès lors; plus de ces brusques écarts ou retours qui, chez Byron, sont plus attachants qu'un récit suivi, car on n'y découvre pas l'artifice des digressions savamment littéraires, mais on y sent l'inquiétude sincère de l'esprit et du cœur. L'Espagne et le Portugal, la Grèce et l'Albanie, Waterloo, l'Océan, le Rhin, la Suisse, le Léman, les Alpes et l'Italie, forment une série de tableaux dont l'unité fuyante est dans les désirs jamais fixés de Harold. Le quatrième chant, écrit huit ans après les trois premiers, n'est pas lui-même une fin, car ce n'est pas une fin que ce sublime adieu, dont Lamartine se souvient, à la mer que l'errant pèlerin ne verra plus. « Déroule tes vagues d'azur, majestueux Océan... » Qu'est devenu Harold? Il n'est plus : son pèlerinage est achevé, mais achevé par le caprice du poète.

Le Français Lamartine est, plus qu'il ne le voudrait, disciple de ce Boileau en qui Byron malmène moins le contempteur de Tasse que le législateur d'un Parnasse ennuyeusement raisonnable. Il sent le besoin d'étoffer son récit de quelques épisodes ou aventures : le départ de Gênes, le combat naval contre les Turcs, l'adoption de la petite Adda (qui jouera un rôle incertain et bien effacé dans cette histoire), les obsèques des femmes grecques qui, pour échapper aux barbares, ont cherché la mort dans un précipice, la bataille, la nuit méditative au monastère, le songe merveilleux — et bien froid — où Dieu, la Foi, la Raison, divinités abstraites, se disputent la conscience et l'âme de Harold. Harold meurt sans que rien nous ait préparés à cette mort; mais enfin il meurt, et le poème est clos. La fin du poème anglais, la fin qui ne finissait rien, nous laissait à la fois plus indécis et plus émus.

Mais ces combats intérieurs qui marquent les derniers jours de Harold encadrent une « méditation » d'une beauté souveraine. C'est Byron qui parle, mais c'est Lamartine qui sent :

Triomphe, disait-il, immortelle nature!
Tandis que devant toi ta frêle créature,
Élevant ses regards de ta beauté ravis,
Va passer et mourir! Triomphe! tu survis!
Qu'importe? Dans ton sein que tant de vie inonde,
L'être succède à l'être, et la mort est féconde!
Le temps s'épuise en vain à te compter des jours.
Le siècle meurt et meurt, et tu renais toujours!
Un astre dans le ciel s'éteint; tu le rallumes;
Un volcan dans ton sein frémit; tu le consumes!
L'Océan de ses flots t'inonde; tu les bois!
Un peuple entier périt dans les luttes des rois;
La terre, de leurs os engraissant ses entrailles,
Sème l'or des moissons sur le champ des batailles!
Le brin d'herbe foulé se flétrit sous mes pas,
Le gland meurt, l'homme tombe, et tu ne les vois pas.
Plus riante et plus jeune au moment qu'il expire,
Hélas! comme à présent tu sembles lui sourire,
Et, t'épanouissant dans toute ta beauté,
Opposer à sa mort ton immortalité!...
Et maintenant encore, à cette heure dernière,
Tout ce que je regrette en fermant ma paupière,
C'est le rayon brillant du soleil de midi
Qui se réfléchira sur mon marbre attiédi.

Ces derniers vers pourraient être du *Vallon* ou de l'*Automne*. Quand il a compliqué d'un drame romanesque le poème indéfinissable et insaisissable auquel il s'attaquait, Lamartine a échoué; quand il est revenu à l'élégie, il s'est retrouvé lui-même. Nous ne dirons pas pour cela, avec M. Reyssié, que « ce poème, commencé comme un poème, devient peu à peu la plus simple, la plus poétique et la plus touchante des élégies qui soit sortie de l'âme d'un poète en l'honneur d'un autre poète ». Élégie, oui, du moins par moments, et dans les moments les plus beaux, mais élégie en l'honneur de Byron, non pas. Rien n'est moins byronien que l'élégie telle que l'entendait Lamartine. S'il avait pu lire son continuateur, Byron eût jugé, sans doute, qu'il n'était pas fidèlement continué, mais éloquemment contredit. En ce qui concerne la belle invocation qui vient d'être citée, Byron y eût retrouvé quelque chose de lui, car il a ses extases comme ses révoltes; il aime, lui aussi, cette nature dont la langue lui est plus intelligible que celle des livres de la terre, les cieux reflétés dans les lacs qui résonnent du bruit des rames, les forêts, les montagnes et la mer : « Je ne vis plus par moi-même, s'écrira-t-il, mais je deviens une partie de tout ce qui m'entoure... Les montagnes, les vagues et les cieux ne sont-ils pas une partie de mon âme, comme je suis une partie d'eux-mêmes? » Il s'inspire de la poésie du ciel étoilé; il contemple, dans sa mystérieuse beauté, le cortège silencieux des astres de la nuit. « C'est dans de semblables moments que nous sommes moins seuls que jamais; c'est alors que se réveille en nous la conscience intime de l'infini. Ce sentiment émeut et purifie tout notre être. Il est tout à la fois l'âme et la source d'une mélodie qui nous révèle l'éternelle harmonie et répand un charme nouveau sur chaque objet[1]. » C'est là seulement que Byron est lamartinien d'avance. Il se souvient alors de Rousseau, leur commun ancêtre. Et toutefois l'invocation de Lamartine à la nature immortellement impassible a une hauteur sereine de mélancolie à laquelle Rousseau et Byron n'ont pas atteint.

Le salut de Byron à l'Italie mêlait quelque sévérité à un enthousiasme presque filial : « O Italie, tu as reçu le don fatal de la beauté, qui est devenue pour toi une source de malheurs; la douleur et la honte ont sillonné ton front jadis si radieux. » Mais du pèlerin qui passait en plaignant, comme en accusant l'Italie esclave, on pouvait aisément tout supporter. Il fallut bien prendre au sérieux Lamartine quand, dans un poème grave qui n'admettait plus la liberté de la boutade, ce secrétaire de l'ambassade de France à Naples osa saluer de cette apostrophe « l'ombre d'un peuple » jadis vivant et libre :

> Italie! Italie, adieu! Bords que j'aimais,
> Mes yeux désenchantés te perdent pour jamais.
> O terre du passé, que faire en tes ruines?
>
> . . . .
>
> Je vais chercher ailleurs, pardonne, ombre romaine,
> Des hommes, et non pas de la poussière humaine.

1. Chant III, traduction Amédée Pichot.

Il est vrai qu'il la relève ensuite, par des mérites plus esthétiques que virils. Les Italiens jugèrent la compensation insuffisante : provoqué en duel par le colonel Pepe, Lamartine fut blessé. Cette satisfaction obtenue, l'Italie se rendormit en souriant à son insulteur, qui était aussi le poète de Baïa et d'Ischia. Dans les *Harmonies* (*la Perte de l'Anio*), il achèvera de se réconcilier avec elle.

IV

Les « Harmonies » (1830).

C'est l'Italie et c'est le bonheur qui firent les *Harmonies*, composées surtout de 1826 à 1829 entre Florence et Naples, et publiées en juin 1830, après diverses publications partielles. C'était l'année d'*Hernani*, des *Contes d'Espagne et d'Italie*, et de la révolution qui chassa les Bourbons. Les amateurs de contrastes peuvent trouver là matière à antithèses curieuses et, en quelque mesure, instructives, car, dans ce recueil plus longuement mûri que les *Méditations*, Lamartine, qu'il le voulût ou non, était plus artiste : il l'était alors même qu'il réagissait contre une certaine forme d'art qui triomphait avec les *Orientales*. « Ce n'est point du romantisme à la Hugo, écrivait-il à Virieu (1er août 1829) : c'est quelque chose de plus intime, de plus vrai, de plus dénué d'affectation, de costume et de style. » Quand on juge ainsi, en critique, ce qu'on a fait parce qu'on a voulu le faire, on n'est plus tout à fait le poète qui chante « comme l'homme respire ». D'autre part, les circonstances de l'histoire politique et littéraire expliquent à la fois et le genre de succès qu'obtinrent les *Harmonies*, et pourquoi ce succès n'eut pas de longs échos. « Aux *Méditations*, dit Th. Gautier, succédèrent les *Harmonies*, où l'aile du poète atteint de plus sublimes hauteurs et semble mêler son vol au rayonnement des étoiles; il y a dans ce volume des pièces d'une ineffable beauté et d'une mélancolie grandiose. Jamais, depuis Job, l'âme humaine n'a poussé, en face des redoutables mystères de la vie et de la mort, une plainte plus éperdue, plus désespérée, que dans les *Novissima Verba*. Le succès fut immense, mais il ne put, quoique l'œuvre fût supérieure, dépasser celui des *Méditations*. Du premier coup, l'admiration avait donné à Lamartine tout ce qu'elle peut accorder à un homme; elle avait épuisé pour lui ses fleurs et ses encensoirs. »

Mais d'où vient, en plein bonheur, cette plainte désespérée des *Novissima Verba?* Le bonheur, tout ce livre le crie, ou plutôt le chante, car ces « Psaumes modernes » (c'était le titre primitif du recueil) sont des cantiques beaucoup plus que des cris. Il a tenu à nous le faire savoir dans la première pièce, *Invocation,* et dans le commentaire qui la suit : des accents mortels et profanes il veut perdre la mémoire; son âme ne sera plus qu'un cantique qui montera vers l'Éternel, et ces « cantiques modernes », il ne les écrira pas, comme l'avait fait David, avec ses larmes; il y versera toute sa reconnaissance, toute sa joie de vivre, d'aimer et de croire. Même il est permis de juger qu'il remplit trop scrupuleusement la tâche qu'il s'est imposée, et qu'il y a, dans les *Harmonies,* trop de ces cantiques qui ne sont pas des effusions spontanées de l'âme.

Encore un hymne, ô ma lyre,
Un hymne pour le Seigneur,
Un hymne dans mon délire,
Un hymne dans mon bonheur.

Mais c'est dans son bonheur plus que dans son « délire » qu'il chante, et c'est le Dieu bon qu'il glorifie : *Hymne de l'enfant à son réveil, Hymne du soir dans les temples, Jéhovah, Hymne au Christ.* Ici, pourtant, on sent que, si le poète a trouvé la paix, ce n'est pas sans avoir été ballotté « sous les flots du doute », comme il nous le laissait entrevoir déjà (*Bénédiction de Dieu dans la solitude*). Le monde vieilli, disent les incrédules, n'a plus besoin du Christ. Il est vrai, c'est une éclipse sombre que celle de la foi en ce siècle. Mais une foi si pure serait-elle venue d'un homme? Le poète se refuse à le croire, et salue en Jésus un Dieu.

Pour moi, soit que ton nom ressuscite ou succombe,
O Dieu de mon berceau, sois le Dieu de ma tombe!

Le sentiment, la tradition, tiennent bon; mais qui ne sent que, lui aussi, le poète s'est posé la question redoutable? Au raisonnement qui l'inquiète il échappe, momentanément, par l'exaltation de l'hymne; mais il se trompe s'il croit échapper au doute en se jurant à lui-même de rester fidèle à la foi de ses ancêtres. Il a trop hâte de se lier par ce pacte pour être pleinement rassuré. Au fond, il se sent triste, et il sait pourquoi (*Pourquoi mon âme est-elle triste?*) : longtemps il a cherché Dieu, et il n'en sait pas plus que l'enfant qui balbutie ce grand nom. Malgré les promesses divines, le mal, plus que jamais, est vivant et puissant (*Sur l'image du Christ écrasant le mal*); « le don céleste est trop lent à venir ». C'est ainsi qu'il en vient à jeter le cri des *Novissima Verba*, si absolument en opposition, selon les apparences, avec les deux pièces qui suivent, *A l'Esprit Saint, cantique*, et la *Harpe des cantiques :*

> Poésie, harpe intérieure,
> Seule langue qui parle à Dieu...

Mais cette pièce des *Novissima Verba* est plus éloquente que significative. Le poète est malade dans les bois de la Bourgogne (novembre 1829). Il croit qu'il va mourir. Plus d'une fois, naguère, et trop facilement, il l'avait cru. La mélancolie des souvenirs et des doutes le ressaisit. Du monde il ne regrette que l'amour. Toujours poursuivie, la vérité trompe toujours l'esprit humain; résignons-nous à ne jamais la connaître, sans nous reposer dans un lâche épicurisme. Le fond de la pièce peut se réduire à ce lieu commun. Dans son Commentaire, pourtant, Lamartine s'applique trop à atténuer la portée d'une révolte qui n'est pas aussi négligeable qu'il la fait, bien que perdue dans ses Hosannahs; et, d'autre part, il en surfait un peu la valeur quand il la met, dans son œuvre, au-dessus de tout : « Selon moi, ce sont là les vibrations les plus larges et les plus palpitantes de ma fibre de poète et d'homme. » Il a dit ailleurs (*Éternité de la nature et Brièveté de l'homme*, Commentaire), d'une ode plus large et plus sereine, écrite dans la paix ensoleillée de Florence : « C'est une des poésies de ma jeunesse qui me rappellent le plus à moi-même le modèle idéal du lyrisme dont j'aurais voulu approcher. » Qu'on juge s'il avait raison :

> ... Vous allez balayer ma cendre;
> L'homme ou l'insecte en renaîtra.
> Mon nom brûlant de se répandre
> Dans le nom commun se perdra.
> Il fut! voilà tout. Bientôt même,
> L'oubli couvre ce mot suprême,
> Un siècle ou deux l'auront vaincu...
> Mais vous ne pouvez, ô Nature,
> Effacer une créature.
> Je meurs! Qu'importe? J'ai vécu!
>
> Dieu m'a vu! Le regard de vie
> S'est abaissé sur mon néant.

Votre existence rajeunie
A des siècles, j'eus mon instant!
Mais dans la minute qui passe
L'infini de temps et d'espace
Dans mon regard s'est répété,
Et j'ai vu dans ce point de l'être
La même image m'apparaître
Que vous dans votre immensité!

Distances incommensurables,
Abîmes des monts et des cieux,
Vos mystères inépuisables
Se sont révélés à mes yeux :
J'ai roulé dans mes vœux sublimes
Plus de vagues que tes abîmes
N'en roulent, ô mer en courroux!
Et vous, soleils aux yeux de flamme,
Le regard brûlant de mon âme
S'est élevé plus haut que vous!

De l'Être universel, unique,
La splendeur dans mon ombre a lui,
Et j'ai bourdonné mon cantique
De joie et d'amour devant lui;
Et sa rayonnante pensée
Dans la mienne s'est retracée,
Et sa parole m'a connu;
Et j'ai monté devant sa face,
Et la Nature m'a dit : « Passe;
Ton sort est sublime : il t'a vu! »

Vivez donc vos jours sans mesure,
Terre et ciel, céleste flambeau,
Montagnes, mers! Et toi, Nature,
Souris longtemps sur mon tombeau!
Effacé du livre de vie,
Que le Néant même m'oublie!
J'admire et ne suis point jaloux.
Ma pensée a vécu d'avance,
Et meurt avec une espérance
Plus impérissable que vous!

Voilà par où les *Méditations,* dont le charme individuel est exquis, ne peuvent soutenir la comparaison avec les *Harmonies.* C'est avec raison, certes, qu'on se souvient ici de Pascal, et Lamartine est un des bien rares écrivains français que ce souvenir n'écrase pas. Mais le christianisme de Pascal est loin. A travers tous ses cantiques, Lamartine est déjà un rationaliste et un déiste. Les dogmes, les livres sacrés, ne le persuadent pas : il ne comprend, ou plutôt il ne sent la grandeur de Dieu que devant la nature et dans la nature. Voici comme il définit, dans l'*Avertissement,* le principe d'unité des *Harmonies :* « Elles étaient destinées, dans la pensée de l'auteur, à reproduire un grand nombre des impressions de la nature et de la vie sur l'âme humaine, impressions variées dans leur essence, uniformes dans leur objet, puisqu'elles auraient été toutes se perdre et se reposer dans la contemplation de Dieu. » Dieu est, sans doute, dans le temple où brûle la lampe pieuse; mais il est plus encore dans ce temple immense de l'univers, où tout le proclame.

Dans l'hymne de la nature,
Seigneur, chaque créature
Forme à son heure en mesure
Un son du concert divin.

Il vit et parle dans les ondes, les nuages, les sons, les parfums, les silences, les ombres. Mais tous ne comprennent pas cette langue inconnue et surnaturelle de la Nature (*Hymne du matin*, — *Poésie ou Paysage dans le golfe de Gênes*). Il la comprend, lui, parce qu'il est poète et parce qu'il est heureux (*Désir*) :

Une âme mélodieuse
Anime tout l'univers :
Chaque être a son harmonie,
Chaque étoile son génie...

Il sait que les feuilles desséchées qui jonchent le gazon nous avertissent de penser à ceux qui ne sont plus (*Pensée des morts*), que les sanglots de la source des bois répondent aux sanglots de l'âme humaine (*la Source dans les bois*), que même les objets inanimés ont une âme qui s'attache à la nôtre et la force d'aimer (*Milly*), que le chant du rossignol n'est qu'une prière, un hymne à la nuit, l'hymne flottant des nuits d'été.

Mais à force de faire partout Dieu vivre, ne risque-t-on pas de transformer tout en Dieu? Le chêne de Casciano, vieux de mille ans, et pourtant si jeune aux regards, prouve Dieu : mais n'est-il pas un peu Dieu lui-même, tant il est divin? Il se dresse, précisément, au cœur de la plus longue et de la plus systématiquement religieuse des harmonies, *Jéhovah*. L'orthodoxe Nisard n'était point rassuré par cette image qu'on lui présentait d'un Dieu « moitié biblique, moitié panthéistique ». Il avouait d'ailleurs que, si le poète cherchait Dieu avant les *Harmonies*, dans les *Harmonies* il semblait l'avoir trouvé : « Là c'était une soif ardente de la connaissance; ici, c'est la béatitude après avoir connu[1]. » En quoi il se trompait, car l'auteur des *Harmonies* cherche encore. Mais il avait le droit d'être inquiet.

Les apparences étaient belles; le fond n'était pas sûr dans les *Harmonies*, pas plus que dans le *Génie du christianisme* les magnifiques trompe-l'œil ne font défaut. « Le néo-christianisme de l'auteur des *Martyrs*, dit Schérer, était froid sous d'éclatants dehors. Il y manquait l'onction et la douceur pénétrante. Lamartine sut imprimer au sentiment religieux plus de tendresse et de recueillement; s'ils n'eurent ni l'un ni l'autre l'humilité qui s'enferme humblement dans le dogme et les pratiques, Lamartine se montra devant le Dieu de sa mère et de sa vieille Bible moins cassant et moins fier, moins artiste et moins gentilhomme que ne l'avait été l'illustre Breton au pied des autels relevés. Plus touché, il fut plus touchant. » Ni l'un ni l'autre cependant ne fut persuasif. Avec son harmonieuse onction, Lamartine n'était pas, au fond, un chrétien plus décidé que ne l'avait été Chateaubriand. Celui-ci écrivait à l'heure où le premier consul restaurait le culte plutôt que la foi, et c'est la beauté du culte, plus que la vérité de la foi, qu'il s'attachait à mettre en lumière. Lamartine écrit les *Harmonies* trente ans après le *Génie*, à la veille d'une révolution nouvelle, et c'est encore ce qu'il y a de « poétique » dans la religion qu'il chante. Dans le ton, sans doute, plus d'attendrissement; mais, pour le fond, rien de plus précis ni de plus ferme. Sa mère, jadis, lui enseignait la foi « par la reconnaissance » (*Milly*). Il en est resté à cette foi sensible, et les efforts mêmes qu'il fait pour en voiler l'insuffisance la découvrent. On est en droit d'en conclure que la restauration religieuse inaugurée par Chateaubriand a échoué, puisque Lamartine la reprend, sans une conviction beaucoup plus profonde d'ailleurs, et, en tous cas, avec un égal insuccès.

Souvent on a remarqué le peu de précision et de profondeur de cette philosophie chrétienne, ou platonicienne, comme on voudra. Elle ne peut être que superficielle, car Lamartine n'est philosophe et chrétien qu'en poète. Sa philosophie se précisera, dans la mesure où peut se préciser la philosophie d'un poète, quand elle aura fait divorce d'avec sa foi d'instinct et d'habitude, mais elle se précisera dans le sens de l'idée élémentaire dont les *Harmonies* aussi bien que les *Méditations* s'inspirent : ce qui prouve Dieu, c'est la nature et c'est l'amour;

1. *Essais sur l'école romantique*, et *M. de Lamartine en 1837*, articles des 5 et 18 juillet 1830.

c'est ce qui se révèle d'infini dans la vie des choses et dans les aspirations des êtres. Quelle dose de christianisme vrai contient encore ce spiritualisme tout personnel, ici suspect de panthéisme, là entaché déjà de rationalisme, partout sincère et partout fuyant?

Dans l'histoire des idées religieuses, les *Harmonies* marquent une date; elles en marquent une aussi dans l'histoire des sentiments religieux de Lamartine, dont c'est le suprême effort d'orthodoxie poétique. Mais il serait injuste de ne les estimer que comme document moral. Ce qui, littérairement, leur nuit, c'est le secret parti pris didactique qui se trahit çà et là, et qui, chez tout autre poète, tuerait le lyrisme. Mais, lui, il est poète à travers tout. C'est pourquoi les *Harmonies* ne sont pas l'équivalent poétique des *Harmonies de la nature* de Bernardin de Saint-Pierre, quoique Lamartine, grand admirateur de Bernardin, paraisse bien s'être souvenu de ces autres *Harmonies* éloquemment et quelquefois puérilement systématiques. Ce qu'il y a de trop arrêté dans le dessein général du recueil n'en laisse pas moins regretter à quelques-uns le temps où le poète n'avait d'autre dessein que de se raconter lui-même. Le classique Nisard, à qui les manifestations du « moi » devaient être aussi odieuses qu'elles le sont à son héritier M. Brunetière, se plaint cependant de perdre ici de vue la personne du poète. Ne la retrouvons-nous donc pas dans *Milly*, dans le *Premier Regret*, et dans les *Souvenirs d'enfance*, où revivent ses premiers enthousiasmes ossianesques : « Mon âme est avec les nuages?... » Seulement, les souvenirs qu'il évoque sont des souvenirs où la famille tient plus de place que la passion, ou, si parfois la passion se réveille, lui prêtent un accent tout nouveau d'une mélancolie apaisée.

Sur la plage sonore où la mer de Sorrente
Déroule ses flots bleus au pied de l'oranger,
Il est près du sentier, sous la haie odorante,
Une pierre petite, étroite, indifférente,
　Aux pieds distraits de l'étranger.

La giroflée y cache un seul nom sous ses gerbes,
Un nom que nul écho n'a jamais répété!
Quelquefois cependant le passant arrêté,
Lisant l'âge et la date en écartant les herbes,
Et, sentant dans ses yeux quelques larmes courir,
Dit : « Elle avait seize ans! c'est bien tôt pour mourir! »
Mais pourquoi m'entraîner vers ces scènes passées?
Laissons le vent gémir et le flot murmurer;

Revenez, revenez, ô mes tristes pensées!
Je veux rêver, et non pleurer!

Puisqu'il est trop certain qu'on n'écrit pas deux fois le *Lac*, ne chicanons point notre admiration à ces mélodies moins printanières, mais plus amples, d'un art qui ne s'ignore plus.

Lamartine avait été reçu à l'Académie française le 1er avril 1830, en remplacement du comte Daru. Le début de son discours de réception est attristé par la mort récente de sa mère, puis un peu alourdi par l'éloge des académiciens illustres; mais, avec une fierté légitime, il rappelait ensuite que la poésie, naguère simple jeu de l'esprit, avait pris conscience de son origine et de sa fin : « Elle renaît fille de l'enthousiasme et de l'inspiration, expression idéale et mystérieuse de ce que l'âme a de plus éthéré et de plus inexprimable. » Ce qui frappe dans ce discours, c'est une certaine confiance grandissante dans les temps nouveaux. Lamartine reste attaché à la monarchie traditionnelle, mais, en somme, fait bon marché des systèmes, philosophiques et politiques, où l'on voudrait emprisonner le génie : « Tous les systèmes sont faux; le génie seul est vrai. » C'est qu'il a du génie et n'a pas de système.

Quelques mois après, quand éclate la révolution de Juillet, il est désigné pour le poste de ministre plénipotentiaire en Grèce. Mais, s'il n'est pas du côté des révolutionnaires, il n'est plus avec les royalistes purs. On le sentait déjà dans la belle pièce des *Révolutions*, qu'il joignit aux *Harmonies*; on le sentit mieux encore dans les vers *Contre la peine de mort*, *Au peuple du 19 octobre 1830*, éloquent plaidoyer en faveur des ministres de Charles X menacés : il y avoue que lui-même, « dont le cœur date d'une autre France », il n'a pu s'empêcher d'applaudir à la victoire généreuse du peuple. C'était le point de départ d'une évolution lente vers les idées modernes. En le recevant à l'Académie, Cuvier lui avait reproché déjà de songer à quitter la poésie pour la politique. Aux élections de 1831, il se présenta simultanément, mais avec un égal insuccès, dans les circonscriptions de Toulon et de Dunkerque. C'est alors qu'il fut en butte aux attaques injurieuses de la *Némésis*, rédigée par le poète publiciste Barthélemy, organe satirique du parti libéral (31 juillet) :

Et moi je dis : Heureux le géant romantique
Qui mêle Ézéchiel avec l'arithmétique!
De Sion à la Banque il passe tour à tour;

Pour encaisser les fruits de la littérature,
Ses traites à la main, il s'élance en voiture
En descendant de son vautour.

C'est à de telles insinuations, beaucoup plus qu'aux épigrammes à l'adresse de ses *Gloria patri* « délayés en deux tomes », que, le jour même de l'élection, Lamartine fit sa réponse vengeresse *A Némésis*. Jamais, dans ce genre, il ne s'était élevé si haut : il semble que, lui aussi, il ajoute à sa lyre une corde d'airain. Non, il n'a jamais changé sa Muse en Némésis.

Non! non! Je l'ai conduite au fond des solitudes,
Comme un amant jaloux d'une chaste beauté ;
J'ai gardé ses beaux pieds des atteintes trop rudes
Dont la terre eût blessé leur tendre nudité ;
J'ai couronné son front d'étoiles immortelles ;
J'ai parfumé mon cœur pour lui faire un séjour,
Et je n'ai rien laissé s'abriter sous ses ailes
Que la prière et que l'amour!

L'or pur que sous mes pas semait sa main prospère
N'a point payé la vigne ou le champ du potier;
Il n'a point engraissé les sillons de mon père
Ni les coffres jaloux d'un avide héritier :
Elle sait où du ciel ce divin denier tombe.
Tu peux sans le ternir me reprocher cet or!
D'autres bouches un jour te diront sur ma tombe
Où fut enfoui mon trésor...

A cet admirable plaidoyer personnel succède la revendication plus admirable encore du citoyen à qui l'on dispute le bien commun à tous, la liberté.

La liberté! Ce mot dans ma bouche t'outrage?
Tu crois qu'un sang d'ilote est assez pur pour moi,
Et que Dieu de ses dons fit un digne partage,
L'esclavage pour nous, la liberté pour toi?
Tu crois que de Séjan le dédaigneux sourire
Est un prix assez noble aux cœurs tels que le mien,
Que le Ciel m'a jeté la bassesse et la lyre,
A toi l'âme du citoyen?...

Détrompe-toi, poète, et permets-nous d'être hommes.
Nos mères nous ont faits tous du même limon :
La terre qui vous porte est la terre où nous sommes ;
Les fibres de nos cœurs vibrent au même son.
Patrie et liberté, gloire, vertu, courage,
Quel pacte de ces biens m'a donc déshérité?
Quand donc ai-je vendu ma part de l'héritage,
Ésaü de la liberté?

Va, n'attends pas de moi que je la sacrifie
Ni devant tes dédains, ni devant le trépas.
Ton Dieu n'est pas le mien, et je m'en glorifie ;
J'en adore un plus grand, qui ne te maudit pas !
La liberté que j'aime est née avec notre âme
Le jour où le plus juste a bravé le plus fort,
Le jour où Jéhovah dit au fils de la femme :
« Choisis, des fers ou de la mort ! »

Que ces tyrans divers, dont la vertu se joue,
Selon l'heure et les lieux s'appellent peuple ou roi,
Déshonorent la pourpre ou salissent la boue,
La honte qui les flatte est la même pour moi !
Qu'importe sous quel pied se courbe un front d'esclave ?
Le joug d'or ou de fer n'en est pas moins honteux !
Des rois tu l'affrontas, des tribuns je le brave :
Qui fut moins libre de nous deux ?...

Un jour, de nobles pleurs laveront ce délire ;
Et ta main, étouffant le son qu'elle a tiré,
Plus juste, arrachera des cordes de ta lyre
La corde injurieuse où la haine a vibré !
Mais moi, j'aurai vidé la coupe d'amertume,
Sans que ma lèvre même en garde un souvenir ;
Car mon âme est un feu qui brûle et qui parfume
Ce qu'on jette pour la ternir.

Son échec législatif rendit possible le voyage que, depuis longtemps, il désirait faire en Orient, et qui se déroula, en 1832, enveloppé d'un faste vraiment oriental. Une grande douleur l'y attendait : sa fille Julia mourut à Beyrouth ; mais il rapporta en France, avec les cendres de cette fille bien-aimée, les matériaux de son *Voyage en Orient* (1835), livre d'un éclat un peu vif pour certains yeux occidentaux, et, dans l'intervalle, il apprit que les électeurs de Bergues l'avaient fait entrer dans la vie politique. L'année même où il faisait ses débuts à la tribune dans la discussion de l'adresse, il écrivait ce long morceau en prose des *Destinées de la poésie* (février 1834), qu'il plaça en tête d'une édition nouvelle des *Méditations*. Il y mêlait aux souvenirs lointains de sa jeunesse les souvenirs tout récents de son voyage en Asie Mineure ; l'horreur pour la tyrannie de la philosophie matérialiste et du « chiffre » sous l'Empire ; la joie de voir enfin brisées ces chaînes de la pensée humaine, les mathématiques ; l'enthousiaste éloge de Chateaubriand et de Mme de Staël, restés seuls debout dans cet abaissement, mènent assez naturellement le lecteur aux confidences sur les premiers vers ébauchés par le poète, puis brûlés par lui, et à la définition qu'il donne de la poésie vraie. « C'est l'incarnation de ce que l'homme a de plus intime dans le cœur et de plus divin dans la pensée. Ce sera le dernier cri que le Créateur entendra sortir de son œuvre quand il la brisera. Sortie de lui, elle remontera à lui. »

Ce n'est pas aussi naturellement que les récits de voyages et les descriptions de paysage, Jérusalem, le Liban, Balbek, interviennent, rattachés par un lien factice à la conception antithétique de la poésie du passé et de la poésie de l'avenir. Celle-ci sera un soupir et une prière sur des tombeaux et une aspiration plaintive vers un monde qui ne connaîtra ni mort ni ruines. Mais cet avenir est lointain. En attendant, la poésie ne sera plus ni lyrique, ni épique, ni dramatique : « La poésie sera de la raison chantée, non plus un jeu de l'esprit, mais l'écho profond, réel, sincère, des plus hautes conceptions de l'intelligence, des plus mystérieuses impressions de l'âme »; elle popularisera des vérités, des sentiments exaltés de religion et d'enthousiasme. Après un tableau assez vague, mais optimiste, de l'avenir tel qu'il le voit, le poète revient à son premier livre, symbole confus de sentiments et d'idées qui ont varié avec sa vie, mais dont le fond fut toujours « un profond instinct de la Divinité en toutes choses, une conviction inébranlable que Dieu était le dernier mot de tout ».

A quatorze ans de distance, il confond un peu, avec les *Harmonies*, les *Méditations*, qui ne sont pas tout à fait une « prière chantée au Grand Être ». Mais quand le poète se fait critique et non seulement prend conscience de son génie, mais entreprend de le définir, la période des œuvres spontanées est close, celle des œuvres réfléchies commence.

Jocelyn est de 1836, de l'année où Musset publie sa *Confession d'un enfant du siècle*. L'année précédente, les *Chants du crépuscule* ont paru : l'année suivante, paraîtront les *Voix intérieures*. Déjà s'apaise le premier tumulte du romantisme et se règle la première intempérance du « moi » affranchi des chaînes classiques; la poésie tend à devenir plus grave et moins personnelle.

V

« Jocelyn » (1836).

Dans l'avertissement de la première édition de *Jocelyn*, Lamartine pose en principe que le temps des épopées héroïques est passé. Il ne prévoyait pas que l'auteur de la *Légende des siè-*

cles, un quart de siècle après, saurait rajeunir ces épopées, déclarées par lui bien mortes, car il n'imaginait pas que la poésie primitive, et, comme nous disons, objective, pût renaître, et il ne savait pas qu'entre les mains d'un Victor Hugo elle pouvait être objective sans être primitive pour cela, être antique et moderne à la fois. Cette fois, cependant, tout en s'inspirant des souvenirs de son adolescence et de sa jeunesse, en se souvenant, ici, d'un curé de Bourgogne, l'abbé Dumont, qui, sous la Révolution, avait traversé la même crise morale; là, d'un vieil émigré français, Antoir, ermite des solitudes de Vallombreuse, en Italie, comme Jocelyn sera l'ermite de Valneige, il tente le grand, l'unique sujet qui se présente à lui : « C'est l'humanité, c'est la destinée de l'homme; ce sont les phases que l'esprit humain doit parcourir pour arriver à ses fins par les voies de Dieu; » et il ne donne *Jocelyn* que comme le premier fragment d'un ouvrage immense, consacré à cette immense histoire.

Dès 1831, il écrivait à Virieu : « J'écris quelques strophes des Mémoires du curé de X..., dont tu connais l'idée... C'est mon chef-d'œuvre. Jusqu'ici on n'aura rien lu de ce style : *c'est l'épopée de l'homme intérieur*. C'est du style de *Paul et Virginie*, ce type accompli, selon moi, des modernes. » Jocelyn lira, en effet, *Paul et Virginie* dans sa solitude, et peut-être certaines faiblesses du poème viennent-elles du désir trop modeste qu'avoue Lamartine d'égaler Bernardin.

A-t-il fait ce qu'il voulait faire? Il ne le semble pas. Mais on s'en console, car, en revanche, ce qu'il ne songeait pas à faire, il l'a fait de façon à ne nous laisser aucun regret.

On peut considérer *Jocelyn* comme un roman ou comme une épopée à tendance philosophique. Le roman est attachant, encore qu'un peu invraisemblable ou mélodramatique par endroits. Un jeune homme, à qui sourit la vie, apprenant que sa sœur, faute d'une dot suffisante, ne peut épouser celui qu'elle aime, se sacrifie, lui abandonne sa part d'héritage, jouit de ce bonheur qu'il a fait, quitte son pays et entre au séminaire. Tout ce début (la première Époque) est vif, relativement sobre. Spontané, rapide, viril, le sacrifice d'où sortira tout le poème nous émeut.

Nous nous apercevons, d'ailleurs, bientôt que ce séminariste assez peu fait pour le séminaire est une sorte de René aux aspirations vagues, aux extases ossianesques. Livré à lui-même, aux prises avec cette vie nouvelle qui lui pèse, que fût-il devenu? Mais la Révolution éclate, sa mère et sa sœur doivent gagner l'étranger; lui-même échappe avec peine aux envahisseurs du séminaire. Un vieux pâtre le conduit à la grotte des Aigles, refuge inaccessible au sommet des Alpes du Dauphiné. Il y passe seul le printemps de 1793. L'été, un proscrit fugitif lui confie, en mourant, son enfant, Laurence, et il remercie Dieu de ce complément de vie. L'année 1794 s'écoule ainsi, dans un bonheur qui n'est pas exempt d'émotions ni d'inquiétudes, et que bouleverse un coup de foudre : Laurence est une fille, Laurence l'aime, et, presque aussitôt après le lui avoir avoué, Laurence le perd. Prisonnier à la ville voisine, à la veille de monter sur l'échafaud, un évêque réclame le ministère de Jocelyn et, de force, le consacre prêtre, pour recevoir de lui l'absolution; Laurence se désespère; Jocelyn ne se résigne qu'en se promettant de se dévouer aux hommes.

Le *roman* pourrait finir là, puisque le second et dernier sacrifice est accompli. Mais d'abord, qu'est devenu le premier? La grotte des Aigles, partagée avec Laurence, a fait de Jocelyn un autre homme, fort oublieux du séminaire qu'il a traversé. S'il ne s'agissait, en effet, que du roman, nous pourrions admirer l'art avec lequel est préparée la fatale révélation : l'émoi grandissant avec lequel Jocelyn voit s'épanouir la beauté de Laurence, les portraits répétés qu'il trace d'elle, ou plutôt de lui; mais, si la révélation n'approchait, ces portraits, ces invocations à la Beauté, ces extases prolongées, les découvertes inquiétantes faites dans cette âme d'enfant passionné, qui « fait aimer et frémir », seraient étranges. Le poète nous éclaire donc peu à peu, mais il ne nous éclaire, comme son héros, qu'en nous troublant. Et la fin de la quatrième Époque est, hélas! trop humaine. Le lecteur n'est guère moins gêné que Jocelyn ; parfois même il est froissé dans une sorte de délicatesse et de pudeur secrète. S'il ne s'agit que d'une analyse psychologique, nous n'en voulons pas au romancier. Mais où est l'ascension de l'homme vers l'idéal? Nous sommes plus près d'une tentation que d'une élévation, et le premier sacrifice est annulé. Mais la scène de la prison va rendre nécessaire un sacrifice nouveau, sacrifice accompli par contrainte, et qui sera toujours regretté. Autant nous touchait le premier sacrifice, rapidement, héroïquement accompli, autant nous laisse froids un sacrifice arraché par surprise ou par l'effet d'une terreur sacrée à l'ancien séminariste qui n'a plus qu'un désir, être heureux selon le monde. C'est une question de savoir si un sacrifice ainsi subi engage vraiment celui qui en est la victime.

Et c'est une autre question de savoir (il n'y songe pas alors) si Jocelyn a droit de sacrifier Laurence en même temps que lui. Il était libre d'entrer au séminaire, il n'est plus libre d'y rentrer. Avouons-le, dans la cinquième Époque, en face des transports tendres ou furieux de Laurence, son rôle est à peu près aussi piteux que celui d'Énée en face de Didon, avec cette différence que les proscrits de la grotte des Aigles ne sont unis que par un lien moral, mais combien puissant! Laurence n'a-t-elle pas obligé Jocelyn à lui jurer son bonheur? et ce serment que tout légitime n'est-il pas plus sacré que le geste d'un mourant assez égoïste pour tuer le bonheur chez ceux qui survivent?

Quoi qu'il en soit, tout est fini, et nous avons à parcourir trois Époques encore. C'est de ses souvenirs que souffrira et mourra enfin Laurence, mais c'est de ses souvenirs que Jocelyn vivra. Quand, après quelques révoltes vite apaisées, il accepte une cure qui est encore un exil, dans un village des Alpes, Valneige, inaccessible pendant huit mois de l'année, quand il se jure d'aimer en Dieu

Tous au lieu d'un seul être, *et cet être dans tous,*

il n'anéantit pas sa passion, il la transforme, en lui gardant avec un soin religieux ce qu'elle a d'humain dans son fond. Matériellement, le sacrifice est accompli; il ne l'est pas moralement. Jocelyn ne s'est pas cru le droit d'épouser Laurence, mais il s'est réservé le droit de savourer, pour ainsi dire, son renoncement avec une sorte d'épicurisme douloureux. Sans en avoir bien conscience, c'est elle qu'il cherche à Paris, et il ne la cherche pas seulement à l'église (où elle va encore, quoi qu'elle ne croie plus en Dieu), il rêve et pleure sous son balcon. N'est-ce pas l'amant d'Elvire qui se substitue ici au curé de Valneige? Il a peur de revoir Laurence, et il a besoin de la revoir. Alors, enfin, il s'aperçoit qu'il l'a sacrifiée : jusqu'alors il n'avait songé qu'à son propre sacrifice, dont il sent et fait sentir toute la beauté, sans voir que nous la sentirions mieux s'il le rappelait et l'analysait avec moins de complaisance. Et, lorsqu'il est rentré, solitaire, sous son propre toit; lorsque, avec un dévouement paternel et fraternel qui le purifie à nos yeux, il se dévoue à ceux qui travaillent, qui aiment et qui souffrent, il n'essaye pas un moment de déraciner son amour de son cœur : sa dernière et triste joie, c'est d'assister Laurence mourante, de se faire reconnaître d'elle au moment même où il croit n'être plus que prêtre, et de l'ensevelir dans la grotte des Aigles. Elle morte, il ne veut plus vivre; il semble même courir avec joie au-devant de la mort. A aucun moment donc son sacrifice n'a été absolument accompli.

Cela est si vrai que Lamartine, entraîné par la logique de sa conception, a senti le besoin de remplacer par un nouvel Épilogue l'épilogue très simple par lequel il nous apprenait d'abord que le corps où habite l'âme souffrante et sereine de Jocelyn fut transporté, lui aussi, à la grotte des Aigles, et inhumé près de celui de son amie. Il imagine une « vision » étrange : près de la grotte où, un court moment, ils avaient été heureux, deux ombres enlacées, la nuit, apparaissent aux yeux d'un pâtre, et des anges passent « le double anneau des noces éternelles » aux doigts « des deux amants rougissants de bonheur », et les eaux du lac murmurent, à peu près comme dans les premières *Méditations*,

Laurence ! Jocelyn ! amour ! éternité !

C'est trop vraiment, disent les plus fervents admirateurs de *Jocelyn*, et ils n'ont pas tort. Mais ils ont tort d'ajouter que cet Épilogue, évidemment mal venu, est en contradiction avec l'esprit de leur poème. Dans le poème déjà, Lamartine n'avait pu se résoudre à séparer entièrement Laurence et Jocelyn : à deux reprises il les avait réunis. Il n'a pas le courage de ne pas les unir plus étroitement encore après leur mort, et il ne s'est pas aperçu qu'il annulait par là un sacrifice qui attend et reçoit sa récompense, non seulement céleste, mais terrestre jusque dans le ciel. C'est qu'il ne peut pas ne pas être Lamartine, c'est-à-dire poète lyrique, poète d'amour, jusque dans l'épopée. L'amour est vertu, l'amour est lumière, l'amour prouve Dieu : cette idée essentielle, chère à Lamartine, est au fond de *Jocelyn* comme au fond des *Méditations*; et c'est pourquoi ce poème est plus touchant que hautement moral. Si Jocelyn représente l'humanité, c'est par ses faiblesses dignes de pitié plus que par des sacrifices intermittents et incomplets, jamais définitifs. Son cas est trop particulier pour qu'il en sorte une leçon universelle; mais il nous appartient par la souffrance, et nous lui savons gré précisément d'être un homme plus qu'un héros.

Si l'on oublie les intentions philosophiques du poète, on admire de plein cœur, malgré certaines longueurs complaisantes et certains contrastes forcés. *Jocelyn*, ce sont les *Harmonies de l'amour, de la famille et de la nature*. Nulle part n'est plus profond, plus émouvant aussi, le sentiment recueilli de l'intimité familiale, de la douceur du logis paternel, de la force des liens qui unissent les morts aux vivants. La fin de la première Époque, où Jocelyn s'enfuit de son pays sans oser dire adieu à sa mère; la septième Époque, où il le revoit, la visite à la chambre où son père est mort, la mort de sa mère elle-même, l'explosion de sa douleur filiale, l'élargissement de la famille en humanité et de l'humanité en infini, qui n'en est ému jusqu'aux larmes? Qui, avant Lamartine, avait fait jaillir d'une source si humble une si pure et si vraie poésie? La famille et la nature, c'est l'âme de cette épopée « de l'homme intérieur », c'est-à-dire des sentiments humains élémentaires. C'est parce qu'il n'est pas seul dans la grotte des Aigles que Jocelyn, proscrit, y est heureux, et la première idée du bonheur lui apparaît précisément sous la forme d'une famille à fonder. C'est parce qu'il est seul dans son presbytère de Valneige qu'il sent le besoin de se créer au dehors une famille, la grande famille des pauvres, des travailleurs et des enfants. Les bêtes n'en sont pas exclues : le seul œil où désormais il puisse lire, c'est l'œil « fraternel » de son chien, et, dans sa reconnaissance, il va jusqu'à promettre l'immortalité aux bêtes qui auront aimé les hommes, car « l'amour dépasse encor l'intelligence ».

O mon chien! Dieu seul sait la distance entre nous;
Seul il sait quel degré de l'échelle de l'être
Sépare ton instinct de l'âme de ton maître;
Mais seul il sait aussi par quel secret rapport
Tu vis de son regard et tu meurs de sa mort,
Et par quelle pitié pour nos cœurs il te donne,
Pour aimer encor ceux que n'aime plus personne.
Aussi, pauvre animal, quoique à terre couché,
Jamais d'un sot dédain mon pied ne t'a touché;
Jamais, d'un mot brutal contristant ta tendresse,
Mon cœur n'a repoussé ta touchante caresse.
Mais toujours, ah! toujours en toi j'ai respecté
De ton maître et du mien l'ineffable bonté,
Comme on doit respecter sa moindre créature,
Frère à quelque degré qu'ait voulu la nature...
Viens, viens, dernier ami que mon pas réjouisse,
Ne crains pas que de toi devant Dieu je rougisse;
Lèche mes yeux mouillés, mets ton cœur près du mien,
Et, seuls à nous aimer, aimons-nous, pauvre chien!

C'est par cette faculté d'universelle sympathie et cette intelligence de l'harmonie universelle, que Lamartine est si grand poète dans la neuvième Époque, et c'était déjà une « harmonie » que la fin de la deuxième Époque, où la nature « amie et douce », au printemps de 1793, l'accueille dans un refuge si bien fait pour abriter ses rêves. C'était une « harmonie » que le début de la quatrième, où refleurit un autre printemps. Et ces deux harmonies printanières ne se ressemblent point : la même nature y est vue à la lumière de sentiments différents. Les descriptions abondent dans *Jocelyn*, et l'on est ébloui, parfois un peu lassé de leur richesse; mais l'âme à travers laquelle le poète veut qu'on les voie, l'âme souriante ou sombre, reconnaissante ou révoltée, les colore de ses teintes changeantes. Rien n'égale, pourtant, cette neuvième Époque pour l'harmonieux accord des choses de la nature et des choses de l'âme. L'épisode des « laboureurs » n'est ni un récit, ni une description, ni une méditation, ni un hymne, c'est un récit qui est une méditation, c'est une description d'où s'élance un hymne spontané.

O travail, sainte loi du monde,
Ton mystère va s'accomplir;
Pour rendre la glèbe féconde,
De sueur il faut l'amollir!
L'homme, enfant et fruit de la terre,
Ouvre les flancs de cette mère
Où germent les fruits et les fleurs;
Comme l'enfant mord la mamelle,
Pour que le lait monte et ruisselle
Du sein de sa nourrice en pleurs!

A la nature, ici encore, la famille est associée, aux bêtes les hommes : la femme et les enfants prennent soin des grands bœufs « privés », qui sont de la famille aussi.

La femme parle aux bœufs du geste et de la voix;
Les animaux, courbés sur leur jarret qui plie,
Pèsent de tout leur front sur le joug qui les lie;
Comme un cœur généreux leurs flancs battent d'ardeur;
Ils font bondir le sol jusqu'en sa profondeur.
L'homme presse le pas, la femme suit à peine;
Tous au bout du sillon arrivent hors d'haleine,
Ils s'arrêtent; le bœuf rumine, et les enfants
Chassent avec la main les mouches de leurs flancs.

Aucune peinture plus réelle et plus idéale à la fois. C'est de la réalité même, mais d'une réalité qui est l'expression concrète d'une idée, c'est du vers largement familier dont Lamartine est l'inventeur, que jaillit soudain, et toutefois sans nous surprendre, la grande strophe idéaliste. Voici un détail précis, insignifiant en apparence : les laboureurs altérés collent leur lèvre avide au rocher qu'humecte l'infiltration d'une source; et voici la prière que cette goutte d'eau savourée inspire au poète qui voit au delà des apparences :

Oh! qu'ils boivent dans cette goutte
L'oubli des pas qu'il faut marcher!
Seigneur, que chacun sur sa route
Trouve son eau dans le rocher!
Que ta grâce les désaltère!
Tous ceux qui marchent sur la terre
Ont soif à quelque heure du jour :
Fais à leur lèvre desséchée
Jaillir de ta source cachée
La goutte de paix et d'amour!...

Le voilà, semble-t-il, emporté par son élan bien loin du témoin de ce mystère. Non, c'est bien Jocelyn qui parle, et le souhait qu'il forme pour les hommes en général est plus applicable à lui qu'à tout autre. Et, après avoir levé les yeux vers le ciel, il les abaisse de nouveau vers la terre.

Mais le milieu du jour au repas les rappelle :
Ils couchent sur le sol le fer; l'homme dételle
Du joug tiède et fumant les bœufs, qui vont en paix
Se coucher loin du soc sous un feuillage épais.
La mère et les enfants, qu'un peu d'ombre rassemble,
Sur l'herbe, autour du père, assis, rompent ensemble
Et se passent entre eux de la main à la main
Les fruits, les œufs durcis, le laitage et le pain;
Et le chien, regardant le visage du père,
Suit d'un œil confiant les miettes qu'il espère.
Le repas achevé, la mère, du berceau
Qui repose couché dans un sillon nouveau,
Tire un bel enfant nu qui tend ses mains vers elle,
L'enlève, et, suspendu, l'emporte à sa mamelle,
L'endort en le berçant du sein sur ses genoux,
Et s'endort elle-même, un bras sur son époux.
Et sous le poids du jour la famille sommeille
Sur la couche de terre, et le chien seul les veille;
Et les anges de Dieu d'en haut peuvent les voir,
Et les songes du ciel sur leurs têtes pleuvoir.

Homère mêlait aux hommes les dieux; Lamartine, aussi primitif en cela que lui, fait descendre du ciel les anges pour protéger le sommeil de quelques paysans. Qui en est choqué? La terre est si près, ici, du ciel! Le travail s'achève si naturellement en prière! Avant Millet, Lamartine a tracé le tableau de l'*Angélus*. La glèbe brisée d'où s'épanouira la vie; la famille, « abrégé du monde »; la patrie, fille de la famille; l'humanité, assemblage de toutes les patries; le ciel, patrie de l'humanité, tout cela forme une symphonie poétique et philosophique où une seule note, mais une note essentielle, manquerait, si l'enfance, germe de l'humanité future, en était absente. Mais les meilleures heures du curé de Valneige sont celles où il instruit les enfants du village, dans l'école en pleins champs où ils se groupent pêle-mêle, assis au bord de la source, au pied des arbres, ou sur les tombes qui reverdissent, parmi les oiseaux.

Je me pénètre bien de ce sublime rôle
Que sur ces cœurs d'enfants exerce ma parole :
Je me dis que je vais donner à leur esprit
L'immortel aliment dont l'ange se nourrit,
La vérité, de l'homme incomplet héritage,
Qui descend jusqu'à nous de nuage en nuage,
Flambeau d'un jour plus pur, que les traditions
Passent de mains en mains aux générations ;
Que je suis un rayon de cette âme éternelle
Qui réchauffe la terre et qui la renouvelle,
L'étincelle de Dieu, qui, brillant à son tour,
Dans la nuit de ces cœurs doit allumer son jour ;
Et, la main sur leurs fronts baissés, je lui demande
De préparer mon cœur pour qu'un Verbe y descende ;
D'élever mon esprit à la simplicité
De ces esprits d'enfants, aube de vérité ;
De mettre assez de jour pour eux dans mes paroles,
Et de me révéler ces claires paraboles
Où le maître, abaissé jusqu'au sens des humains,
Faisait toucher le ciel aux plus petites mains !
Puis je pense tout haut pour eux ; le cercle écoute,
Et mon cœur dans leur cœur se verse goutte à goutte.
Je ne surcharge pas leur sens et leur esprit
Du stérile savoir dont l'orgueil se nourrit ;
Bien plus que leur raison, j'instruis leur conscience :
La nature et leurs yeux, c'est toute ma science !
Je leur ouvre ce livre, et leur montre en tout lieu
L'espérance de l'homme et la bonté de Dieu.

Ce sont ces endroits-là, sans doute, que George Sand, sévère d'ailleurs pour *Jocelyn,* relisait sept fois de suite en pleurant. Elle savait, elle montrait ce qu'ont d'auguste dans leur simplicité les actes de la vie rurale, et, dans le début de la *Mare au Diable,* elle se souvient certainement de l'épisode des « Laboureurs ». Mais son réalisme, plus franc, est plus étroitement humain; celui de Lamartine est pénétré, baigné d'infini, sans cesser d'être, en lui-même, précis, simple et vivant. Tel artiste peindrait avec exactitude la nature extérieure, mais oublierait de lui donner une âme. Tel philosophe l'écraserait sous le symbole. Lamartine s'est peut-être fait, dans *Jocelyn,* comme le veut M. Jules Lemaître, l'apôtre du platonisme, religion poétique qui ramène le monde à l'unité par l'amour. Mais Lamartine ne s'est peut-être pas rendu un compte bien net de sa doctrine, puisqu'il a permis qu'elle se dégageât moins du roman central que des épisodes; et sa philosophie, malgré l'effort avoué par la préface pour l'élever et l'unifier, ne dépasse pas la portée de cette philosophie de sentiment qu'expriment ses poésies lyriques. Aimer, croire, se dévouer, c'est tout l'homme, car c'est ce qu'il y a de divin en l'homme. La souffrance même et le sacrifice, au lieu d'humilier son âme, l'exaltent en la purifiant.

Tu fais l'homme, ô douleur, oui, l'homme tout entier,

c'est Lamartine qui l'avait dit dans les *Harmonies* (*Hymne à la douleur*), et ce pourrait être l'épigraphe de *Jocelyn.* Il faut donc aimer la douleur elle-même, car elle crée un lien de plus entre les hommes et nous, et chacune des étapes douloureuses qu'il nous faut franchir pour devenir hommes au suprême degré, est un pas de plus que nous faisons vers cet infini dont nous portons en nous le pressentiment et la preuve. A s'élever, à s'épurer ainsi, il n'y a point d'héroïsme : alors même que toute récompense surnaturelle ferait défaut, n'est-on pas récompensé déjà par la contemplation de la nature consolatrice, par la sérénité qu'on recouvre dans l'accomplissement du devoir humain, par la volupté même du renoncement?

VI

La « Chute d'un ange » (1838).

Comme *Jocelyn,* la *Chute d'un ange* n'est qu'un « épisode » du grand poème où Lamartine avait dessein de retracer l'histoire de l'âme humaine, dans ses phases successives, et, dans l'avertissement de la première édition (1er mai 1838), il annonçait un nouvel épisode, *les Pêcheurs,* qui ne parut pas. Au reste, il semait un peu au hasard sur sa route, avec une prodigalité de grand poète qui croit sa verve inépuisable (et qui, pour cela même, la sentit bientôt épuisée), les fragments de poèmes inachevés. Dans les *Harmonies* il avait fait entrer « le fragment d'un poème sacré sur les mondes, qui n'a jamais été fini », et il l'avait intitulé : *Hymne de l'ange de la terre après la destruction du globe*. Cet ange de la terre était, il l'explique, l'âme même du monde : il est donc probable que ce poème inachevé flottait entre le spiritualisme et le panthéisme. Au reste, on a remarqué que les anges étaient à la mode : en 1822, Thomas Moore publiait ses *Amours des anges ;* en 1826, Alfred de Vigny son *Eloa*. Il ne s'agissait plus d'anges déchus et sinistres comme le Satan de Milton, mais d'anges entraînés par la pitié ou tentés par l'amour, et qui ne perdent pas leur angélique pureté tout entière en s'associant, par besoin de sympathie, aux souffrances et aux passions humaines. Cédar, ce sera l'ange qui s'abaissera jusqu'à l'homme; Jocelyn, — dans la pensée de Lamartine, — c'est l'homme qui se relève au niveau d'un ange. Logiquement donc la *Chute d'un ange* serait le point de départ d'une immense évolution morale dont *Jocelyn* marquerait le terme.

Aujourd'hui encore, les avis sont très partagés sur la valeur de ce poème énorme, que Lamartine seul pouvait écrire, mais qu'il a écrit un peu vite. Lui-même, Lamartine, dans deux lettres à son ami Virieu (28 déc. 1833 et 2 avril 1838), ne se ménageait guère : « Entre nous, cela ne vaut pas grand'chose... Je publie ces jours-ci un épisode de douze mille vers, la *Chute d'un ange. C'est détestable, mais indispensable à mon œuvre future.* » Et il s'attendait à la chute de la *Chute,* car cette plaisanterie facile ne lui fut pas épargnée, et pour quelques-uns même, la *Chute d'un ange*, ce fut la déchéance d'un grand poète acceptée par l'opinion. Il n'est donc pas surprenant que les délicats, tels que Doudan, aient témoigné quelque dédain ironique : « M. de Lamartine m'a l'air de se préparer bien des rétractations pour le jour de sa mort. La chute de son ange est déplorable. Cet ange tombe dans le vide. Cette imagination de M. de Lamartine est une imagination de géant, grossière, monotone et puérile. Il prend la grosseur pour la grandeur. C'est aussi un peu l'erreur du temps[1]. » Sans doute on commençait à se défier de Lamartine dans le groupe politique des Guizot et des Broglie. Voici une lettre toute différente du poète qui, cette année-là, faisait jouer *Ruy Blas :* il est vrai qu'elle est adressée à l'auteur : « Vous avez fait un grand poème, mon ami.

1. *Correspondance*, I, 225 ; lettre à Guizot.

La *Chute d'un ange* est une de vos plus majestueuses créations. Quel sera donc l'édifice, si ce ne sont là que les bas-reliefs! Jamais le souffle de la nature n'a plus profondément pénétré et n'a plus largement remué, de la base à la cime, et jusque dans les moindres rameaux, une œuvre d'art. » C'était le large naturalisme et, sans doute, aussi le coloris plus vif du nouveau poème qui méritaient ces éloges. Mais y fallait-il voir autre chose qu'un compliment amical presque obligé?

Il est à noter que les poètes ont toujours été indulgents ou favorables à ce poème. Th. Gautier, séduit, lui aussi, par le prestige de la « couleur », est équitable sans effort : « La *Chute d'un ange* fut moins comprise. Des morceaux magnifiques, d'une splendide couleur orientale, qui semblent des feuillets détachés de la Bible, n'obtinrent qu'à demi grâce pour l'étrangeté du sujet, la bizarrerie des tableaux tirés d'un monde antérieur au nôtre, le grandiose outré de personnages hors de de la nature humaine, et aussi, il faut l'avouer, pour une négligence de plus en plus grande de forme et de facture. » Mais Leconte de Lisle, en 1864, allait beaucoup plus loin : « M. de Lamartine a fait mieux que les *Méditations* et que *Jocelyn*, mieux que les *Harmonies;* il a écrit *la Chute d'un ange*. Mon sentiment à ce sujet est celui du petit nombre, je le sais. La critique, d'ordinaire si élogieuse, a rudement traité ce poème, et le public lettré ne l'a point lu ou l'a condamné. La critique et le public sont des juges mal informés. Les conceptions les plus hardies, les images les plus éclatantes, les vers les plus mâles, le sentiment le plus large de la nature extérieure, toutes les vraies richesses intellectuelles du poète sont contenues dans la *Chute d'un ange*. Les lacunes, les négligences de style, les incorrections de langue, y abondent, car les forces de l'artiste ne suffisent pas toujours à sa tâche; mais les parties admirables qui s'y rencontrent sont de premier ordre. » Enfin, M. de Heredia, dans son discours de réception à l'Académie, a salué dans la *Chute d'un ange* « le seul grand poème épique du siècle ».

Etre loué à la fois, et pour les mêmes raisons, par Victor Hugo, par Théophile Gautier, par Leconte de Lisle, par M. de Heredia, c'est un honneur significatif. Ces poètes, d'ailleurs, sont tous de grands artistes et coloristes; la poésie où ils triomphent est surtout « objective », ce qui donnerait à croire que, cette fois, Lamartine a fait un puissant et parfois heureux effort pour se dégager d'un « subjectivisme » dont il avait senti la tyrannie même dans *Jocelyn*. Ceci est beaucoup, puisqu'il s'agit d'une sorte de poème antique et barbare, d'une grande épopée orientale qui pourrait servir de prologue aux petites épopées de la *Légende des siècles*. Mais l'intérêt du récit est aussi quelque chose. Parcourons-le donc sans parti pris.

En face du Liban, dont les cimes, vues de la mer, deviennent plus apparentes, un vieillard « céleste » raconte ce que ces montagnes ont été et ce qu'elles ne sont plus. On s'étonne : il a donc été le témoin des lointaines origines? Non, mais le « prophète » du Liban lui a tout révélé. Il faut visiter ce prophète dans sa grotte. Lamartine y monte : il était attendu, car Dieu lui-même l'y envoyait pour prendre des mains défaillantes du prophète le flambeau du passé, et, prophète nouveau, le transmettre à d'autres mains. Le prophète sait donc qu'il va mourir : il en abuse peut-être pour parler un peu bien longuement :

> Et trois jours à ses pieds nous restâmes assis.
> Ceci fut le premier de ses douze récits.

Tout cadre est bon, pourvu qu'il fasse valoir le tableau : celui-ci est un peu extérieur au récit qui va se dérouler. Et ce récit est à ce point prolongé, sans que le narrateur prenne assez de soin de nous rappeler sa présence, qu'après la XVe et dernière Vision, quand il reparaît, on est un peu confus de l'avoir oublié. Alors seulement le poète quitte le prophète, descend le Liban, reprend son voyage. Dans *Jocelyn*, son « moi » pénétrait tout : ici, il se borne à ouvrir et à fermer le livre. Dans *Jocelyn*, il le déclare, presque tout était « vrai » ; ici, presque tout sera imaginé : les Visions remplaceront les Époques. Au seuil de la première Vision, il nous abandonne.

Un ange, aux temps primitifs, contemple Daïdha, fille des hommes, endormie. Pour un ange, et qui a un prophète pour interprète, il trace de bien complaisantes peintures esthétiques, et tient de bien longs discours. Ce qui achève de nous inquiéter pour l'avenir de cet ange, c'est que, dans son cas, il y a, comme on dit, préméditation. Voici longtemps déjà qu'il fait voir à Daïdha, dans ses songes, sa figure idéale, et l'habitue à l'aimer. Il aspire donc consciemment à descendre. Nous eussions préféré un trouble momentané, un entraînement involontaire. Mais, sans doute, le sentiment qui le domine est particulièrement irrésistible à cette heure, car il cesse à l'instant même d'être ange, et il se sent devenir homme :

Un désir tout-puissant avait changé son être.

Une voix d'en haut prononce son arrêt : il devra vivre cent vies et mourir cent morts avant de remonter à la noblesse de sa nature première. Aussitôt il oublie tout son passé : il n'est plus ange par la pureté, et il n'est pas encore homme par l'intelligence : rien ne survit en lui qu'un « morne étonnement ». Il faut bien avouer que nous sommes déçus : nous nous résignions bien à accepter pour héros un être exceptionnel, malgré la distance que nous sentions de lui à nous. Mais voici qu'il n'a plus rien d'exceptionnel, sinon sa force aveugle. Ce demi-dieu tombé ne se souvient plus des cieux. Conscient de sa déchéance, impuissant à s'en relever, il nous aurait émus. Mais en quoi pouvons-nous sympathiser avec ce grand enfant, ce beau muet, dont il faut que Daïdha fasse lentement l'éducation? Il l'a sauvée des géants chasseurs d'hommes; mais il ne peut même expliquer qui il est ni d'où il vient. Esclave de la tribu, gardien de ses troupeaux, à demi lapidé quand la tribu s'aperçoit que Daïdha l'aime, il fuit avec celle qu'il a conquise et qui devient sa femme. Pourquoi reviennent-ils ensuite là où ils sont assurés d'être malheureux? et pourquoi la tribu, après un tel éclat, se borne-t-elle à éloigner de nouveau Cédar? On ne sait. Précipité dans l'Oronte quand on a découvert les enfants qu'il a eus de Daïdha, il échappe à la mort avec sa facilité habituelle, démolit la tour où Daïdha et ses enfants sont condamnés à mourir de faim, et les emporte au loin dans une fuite nouvelle et, cette fois, définitive.

C'est la matière des cinq premières Visions, trop souvent coupées de façon artificielle. Ce sectionnement arbitraire plus d'une fois encore interrompra le courant de l'intérêt. Après diverses aventures, au sommet d'une montagne d'Asie Mineure, les époux découvrent un « prophète » dont le séjour et les traits rappellent singulièrement ceux du prophète-narrateur, entrevu dans le prologue, un peu perdu de vue depuis. Il les instruit en leur lisant un livre divin que lisait sa mère captive au pays des faux dieux et que, mourante, elle lui a transmis. C'est là que se présente, dans la VIIIe Vision, le célèbre *Fragment du livre primitif*.

Dieu dit à la Raison : « Je suis celui qui suis;
Par moi seul enfanté, de moi-même je vis;
Tout nom qui m'est donné me voile ou me profane,

Mais pour me révéler le monde est diaphane.
Mes ouvrages et moi, nous ne sommes pas deux.
Comme l'ombre du corps, je me sépare d'eux;
Mais si le corps s'en va, l'image s'évapore :
Qui pourrait séparer le rayon de l'aurore?
Celui d'où sortit tout contenait tout en soi;
Ce monde est mon regard qui se contemple en moi.

Ces vers exhalaient un vague parfum de panthéisme, qui n'a pas entièrement disparu de ceux que Lamartine leur a substitués[1], désireux d'affaiblir les objections des critiques orthodoxes, auxquels il répond dans son second Avertissement.

Mais cet Avertissement est lui-même d'un rationaliste plutôt que d'un croyant. A cette époque, il écrit à Virieu (19 août et 18 oct. 1838) qu'il revient « énergiquement et pieusement » au rationalisme qui donne de Dieu et des choses une idée plus haute et plus grande. L'évolution de ses idées religieuses se poursuit donc. Il y a, sans doute, dans le *Livre primitif*, des morceaux qui rappellent les *Harmonies*, par exemple celui qui se termine par le vers connu :

L'homme est l'être qui prie, et c'est là sa grandeur;

et la définition que le prophète donne des poètes,

Dont le cœur est mobile et profond comme l'eau,
Dont le moindre contact fait frissonner la peau,
Dont la pensée, en proie à de sacrés délires,
S'ébranle au doigt divin, chante comme des lyres,
Mélodieux échos semés dans l'univers
Pour comprendre sa langue et noter ses concerts.

Mais cet Évangile, singulièrement hardi, même en politique, et plus certainement humain encore que chrétien, n'est plus le vieil Évangile dont Lamartine avait recueilli les leçons des lèvres de sa mère. Si quelque chose survit de celui-ci, c'est surtout le ton attendri et l'esprit fraternel. Adorer Dieu ne suffit

1. « Ému par les reproches des chrétiens et des purs déistes, il voulut bien remplacer ces vers par ceux-ci :

Rien ne m'explique, et seul j'explique l'univers;
On croit me voir dedans, on me voit au travers;
Ce grand miroir brisé, j'éclaterais encore!
Eh! qui peut séparer le rayon de l'aurore?

« Il ne daigna pas s'apercevoir que, dans cette seconde version, le dernier vers contredit absolument l'avant-dernier. Ou plutôt je crois qu'il s'en aperçut, et j'en conclus — me souvenant d'ailleurs de certains autres vers — que c'était la première version qui rendait sa vraie pensée. » (J. Lemaître.)

plus au poète : il entend le définir. Déplorer l'existence du mal dans le monde, c'était bon pour le poète des *Méditations* : le poète de la *Chute d'un ange* tient à se mettre en face du problème, et à le résoudre. Le résout-il vraiment? Il l'éclaire par une image, et le laisse insoluble. De même, il donne d'admirables définitions de Dieu; mieux que tout autre il nous fait sentir ce que nous sentions moins profondément avant lui, que l'être infini est infini; mais si ce Dieu existe, d'une existence distincte et personnelle, en dehors du monde qui le manifeste, ou si éternellement le Créateur est inséparable du monde qu'éternellement il crée, principe de toute vie et que toute vie exprime, âme autant que père du monde, c'est ce que toutes les définitions nous laissent ignorer. Cela est peut-être inévitable, mais cela est décourageant, après un tel effort. Jamais peut-être essai de philosophie poétique plus hardi, ni relativement plus heureux, n'a été tenté; mais jamais preuve plus éclatante n'a été fournie qu'il n'appartient pas à l'homme de définir l'indéfinissable, de pénétrer l'impénétrable.

Cédar et Daïdha entendent-ils ces belles choses? Ils les admirent peut-être d'autant plus qu'ils ne les entendent pas; peut-être aussi le cœur vient-il au secours de l'esprit, et leur donne-t-il, sinon la pleine intelligence, au moins le sentiment de cette divine loi

D'amour et d'unité qui doit tout fondre en soi.

En tout cas, sous l'œil du bon prophète ils confondent de façon toute lamartinienne la religion et l'amour. Tout à coup, d'un « navire céleste », sorte de ballon primitif, descendent des hommes impies et féroces, qui mettent à mort le vieillard et emportent les jeunes gens, captifs de nouveau, jusqu'à la colossale Babel. Là règnent des hommes qui « se sont faits dieux eux-mêmes », le prophète nous en avait avertis. De la IXe à la XVe Vision, le lecteur n'aura pas le droit de détacher sa pensée de ces étranges hommes-dieux. C'est ici l'erreur capitale de Lamartine, car, dans les huit premières Visions, la Nature formait toujours au moins le cadre du tableau. C'était, au début, le chœur des cèdres du Liban, qu'écoutent les esprits surnaturels. C'était ensuite la tribu en marche vers une patrie nouvelle; le campement sur les bords de l'Oronte, déjà visités par elle; le retour aux tombes des êtres chers qu'elle y avait laissés, la résolution prise de rester vivre près de ces morts, dont la cendre crée ainsi la patrie définitive; la longue idylle de Daïdha instruisant Cédar au milieu de ses troupeaux. C'étaient, dans la IIIe, la VIe, la VIIe Visions, tant de traits qui opposent la bonté des animaux à la méchanceté de l'homme ou mettent en lumière la sympathie fraternelle et naturelle qui les unit. Dans la VIIIe comme dans la VIIe, le prophète appuie avec la plus significative insistance sur ce qu'il y a de criminel à maltraiter les animaux, à se repaître de leur chair. Partout se reconnaissait le dessein de faire vivre jusqu'aux objets inanimés, de prêter une âme à nos frères inférieurs (comment s'expliquerait autrement l'épisode, inutile par ailleurs, du chien fidèle égorgé, dans la nuit, par son maître, qui le prend pour une bête féroce?), en un mot, de faire éclater partout l'harmonie universelle.

Ici, nous sommes bien loin de la nature et des êtres naturels. Dans un milieu qui n'est ni divin ni humain, mais simplement monstrueux, s'agitent des êtres fantastiques, qui n'ont ni la beauté des dieux d'Homère ni la bonté intermittente de ses héros. Leurs passions, leurs rivalités haineuses, sont de la terre, mais se déchaînent avec une désespérante monotonie dans la perfidie ou la fureur. Entre les Asrafiel et les Nemphed, surhumains et inhumains, on n'entrevoit qu'une figure plus vraie, esquissée avec une certaine finesse psychologique : c'est celle de l'artificieuse Lakmé, dissimulée et passionnée comme une héroïne orientale de *Rodogune* ou de *Bajazet*. Cette rouée est mise en opposition, d'une façon dramatique, mais point forcée, avec Daïdha l'ingénue, à qui elle dispute le cœur du beau Cédar. Seulement, que nous importe le beau Cédar? La chute de cet ange est bien profonde, puisque le voilà héros de roman. Et le roman dont il est le héros involontaire ou la victime inconsciente, se traîne, sans intérêt véritable, presque jusqu'au terme de la dernière partie. Est-ce là l'épopée « métaphysique » promise par le poète?

Il a combiné deux formes de poésie que, seul, un art souverain pourrait concilier : une épopée merveilleuse et un roman d'amour compliqué d'un roman d'aventures. L'épopée merveilleuse, il l'a construite, lui, le rénovateur de la poésie en France, selon les règles de Boileau : le poème épique, « amas de nobles fictions », doit être « égayé » par des inventions pompeuses ou tendres; le merveilleux qui en est l'âme doit être un merveilleux auquel le poète qui en fait usage ne croit pas. Au lieu du merveilleux biblique, qui eût été à demi sincère,

Lamartine a donc employé un merveilleux faussement païen, et il a cru nous émouvoir par l'emploi de machines dont il souriait lui-même. Un collaborateur de l'*Encyclopédie*, Sulzer, avait écrit : « La grandeur peut très bien se trouver dans les actions humaines et exciter notre admiration. Il suffit que le génie du poète soit vraiment grand. » Et, longtemps auparavant, Chapelain lui-même l'avait bien vu et dit, il n'y a pas de héros « en qui ne réside quelque chose de divin ». Mais, en ne laissant à son ange déchu que la beauté matérielle et la force brutale, Lamartine s'était privé des ressources de ce merveilleux humain, et il en a cherché un autre. Quant au roman, il commence en réalité au moment où Cédar contemple Daïdha endormie, et il faut bien avouer qu'un assez grand nombre de traits, de descriptions et, si on peut le dire, de suggestions esthétiques, ont lieu de nous surprendre si nous nous souvenons qu'en somme le romancier, c'est le bon prophète du Liban.

Dans la XVe et dernière Vision, l'épopée et le roman se rejoignent. Délivré, mais trompé par Lakmé, Cédar se venge d'elle et des « dieux », soulève les opprimés contre les oppresseurs, triomphe, mais laisse avec dégoût les vainqueurs à leur revanche bassement féroce. On attendait qu'il demeurât parmi eux pour régénérer cette race avilie, et il y aurait eu là, sans doute, une fin de poème plus significative, plus conforme au dessein primitif, même ou surtout si les efforts du réformateur avaient été vains. Il préfère partir, lui et les siens, vers la Judée, guidé par un traître qui les abandonne dans le désert. La mort de ses enfants, la folie de Daïdha, l'immolation de toute cette famille sur un bûcher dressé par Cédar, ne désarment pas encore la colère divine : la voix d'en haut se fait entendre, toujours irritée, et la *Chute d'un ange* finit sur cette impression pénible.

Libre donc aux poètes d'admirer, aux bons endroits, une entreprise si colossale, éclatante de beautés si nouvelles. Mais le public, dans son ensemble, s'il lit jusqu'au bout la *Chute d'un ange*, ne la relira pas, parce qu'elle l'aura ébloui, non éclairé. On a comparé quelquefois Lamartine aux vieux poètes hindous, dont il a eu, avec la spontanéité d'inspiration, l'exubérance de fécondité, le naturalisme puissant et vague; et, certes, nul poème lamartinien n'est plus « hindou » que celui-ci. C'est peut-être aussi pour cela que le « goût » français, un peu étroitement délicat, et qui veut tout comprendre, n'a jamais pleinement rendu justice à ce qu'il y a de grandeur épique dans la conception de ce poème démesuré, de lyrique éloquence dans l'exécution de certains épisodes. Et puis, *Jocelyn* avait paru avant la *Chute d'un ange,* qu'il eût dû suivre, et aucun des poèmes intermédiaires n'a pu être écrit, ce qui nuit plus au second poème qu'au premier, car il aurait valu surtout comme prologue, tandis que *Jocelyn* garde presque tout son sens et presque toute sa valeur, même considéré en dehors du poème total dont il ne devait être qu'un épisode.

VII

Les « Recueillements poétiques » (1839). — Lamartine homme politique.

Les *Recueillements poétiques* (avril 1839) suivirent de près, peut-être de trop près, la *Chute d'un ange :* c'était trop marquer combien facile était la veine du poète, qui, d'autre part, était un politique et un orateur. Ce recueil est le dernier qu'il ait donné, et il n'a pas cinquante ans. Mais il affecte de se détacher du rêve pour se tourner vers l'action. Dans la Lettre-Préface des *Recueillements,* adressée à M. Léon Bruys d'Ouilly, après avoir loué Rousseau, « le grand poète des *Confessions* », et Virgile, son « ami et maître », il assure que la poésie occupe un douzième tout au plus de sa vie réelle.

La poésie n'a été pour moi que ce qu'est la prière, le plus beau et le plus intense des actes de la pensée, mais le plus court et celui qui dérobe le moins de temps au travail du jour. La poésie, c'est le chant intérieur. Que penseriez-vous d'un homme qui chanterait du matin au soir ? Je n'ai fait des vers que comme vous chantez en marchant quand vous êtes seul, débordant de force, dans les routes solitaires de vos bois. Cela marque le pas et donne la cadence aux mouvements du cœur et de la vie. Voilà tout.

Il ajoute (et ici l'on sent combien il serait naïf de prendre à la lettre ces déclarations de l'auteur du *Voyage en Orient,* qui sera bientôt l'auteur des *Girondins*) : « Comme je ne sais pas écrire en prose, faute de métier et d'habitude, j'écris des vers... Vous savez comment je les écris, vous savez combien je les apprécie à leur peu de valeur ; vous savez combien je suis incapable du pénible travail de la lime et de la critique sur moi-même. » Et il finit en traçant un idéal politique et un programme d'avenir où l'on sent l'enthousiasme et aussi les illusions du néophyte perdu pour les rêves et pour les chants désintéressés.

Les *Recueillements poétiques,* longtemps regardés comme très inférieurs aux *Méditations* et aux *Harmonies,* jouissent aujourd'hui d'un regain de faveur. Entre tous les critiques, M. Jules Lemaître a tendresse de cœur pour ces *Feuilles d'automne* de Lamartine :

Dans cet assemblage de poèmes, qui ne fut ni prémédité ni « composé », le génie du plus spontané des poètes éclate plus spontanément que jamais. Au milieu de ses travaux d'historien, des plus grandes affaires publiques et des soucis privés, tout à coup, et parfois sous un choc très léger, remontait de son cœur la source de poésie. Ce sont éminemment « pièces de circonstances », comme Gœthe voulait que fussent toujours les poèmes lyriques. Pièces d'humbles circonstances, souvent. Il est curieux, il est touchant de voir que quelques-uns des plus somptueux morceaux des *Recueillements* sont adressés à des êtres excellents, j'imagine, mais assez obscurs : M. Wap, M. Guillemardet, M. Bouchard, ou Mlle Antoinette Carré, jeune ouvrière de Dijon... — Mais, bien que les pièces de ce volume aient été, entre toutes, écrites sans labeur, uniquement pour soulager l'âme du poète, et que la disposition d'esprit propre à l'homme de lettres professionnel et la préoccupation du métier en soient plus absentes encore que de *Jocelyn* ou de la *Chute,* jamais, je crois, la forme de Lamartine n'a été plus drue, plus chaude, plus colorée ni — certains passages un peu nonchalants mis à part — plus savante que dans les *Recueillements* (la rime même s'est enrichie, et l'ancienne fluidité des images, fréquemment, s'est concrétée), soit qu'il subît en quelque mesure, sciemment ou non, l'influence de Victor Hugo, soit plutôt qu'il fût dans l'âge de la maturité pleine et des sensations d'autant plus fortes qu'on sait que la puissance de sentiment décroîtra demain. — Et, d'autre part, bien que nul dessein préconçu ne relie entre eux ces morceaux, tous ensemble se trouvent principalement exprimer les deux sentiments contrastés de l'arrière-saison des grandes âmes : la tristesse de leur vie individuelle, chaque jour plus isolée, et, dans le même moment, leur foi dans la Vie ; bref, l'éternelle mélancolie et l'éternel espoir.

Il est vrai que, pour admirer à ce point les *Recueillements,* on y doit rattacher quelques *Poésies diverses,* très belles, mais postérieures, telles que *la Vigne et la Maison,* qui ne fut écrite qu'en 1857. La *Marseillaise de la paix,* réponse généreuse, mais naïve, au *Rhin allemand* de Becker, est de 1841.

Roule libre et splendide à travers nos ruines,
Fleuve d'Arminius, du Gaulois, du Germain !
Charlemagne et César, campés sur tes collines,
T'ont bu sans t'épuiser dans le creux de leur main.

Et pourquoi nous haïr, et mettre entre les races
Ces bornes ou ces eaux qu'abhorre l'œil de Dieu?
De frontières au ciel voyons-nous quelques traces?
Sa voûte a-t-elle un mur, une borne, un milieu?
Nations ! mot pompeux pour dire barbarie.
L'amour s'arrête-t-il où s'arrêtent vos pas?

Déchirez ces drapeaux; une autre voix vous crie :
« L'égoïsme et la haine ont seuls une patrie;
La fraternité n'en a pas! »

Roule libre et royal entre nous tous, ô fleuve!
Et ne t'informe pas, dans ton cours fécondant,
Si ceux que ton flot porte, ou que ton urne abreuve,
Regardent sur tes bords l'aurore ou l'occident.

Ce ne sont plus des mers, des degrés, des rivières,
Qui bornent l'héritage entre l'humanité :
Les bornes des esprits sont leurs seules frontières;
Le monde en s'éclairant s'élève à l'unité.
Ma patrie est partout où rayonne la France,
Où son génie éclate aux regards éblouis!
Chacun est du climat de son intelligence;
Je suis concitoyen de toute âme qui pense :
La vérité, c'est mon pays!

Roule libre et paisible entre ces fortes races
Dont ton flot frémissant trempa l'âme et l'acier,
Et que leur vieux courroux, dans le lit que tu traces,
Fonde au soleil du siècle avec l'eau du glacier!

Vivent les nobles fils de la grave Allemagne!
. . . .

Malgré soi, l'on s'arrête, et pourtant, à la réponse candidement fraternelle de Lamartine, on ne préfère pas la riposte de Musset, si agressive dans son ironie. Les mêmes illusions se font jour dans ce *Toast porté dans le banquet national des Gallois et des Bretons, à Abergavenny, dans le pays de Galles :*

L'esprit des temps rejoint ce que la mer sépare;
Le titre de famille est écrit en tout lieu.
L'homme n'est plus Français, Anglais, Romain, Barbare,
Il est concitoyen de l'empire de Dieu!...

Certes, Lamartine a raison, dans la lettre poétique déjà citée à M. Guillemardet, de mesurer avec fierté le progrès, au moins moral, qui s'est accompli en lui des premières *Méditations* aux *Recueillements.* Oui, il voit maintenant ce qu'il ne voyait pas alors, l'humanité; peut-être même se hâte-t-il un peu trop de l'embrasser tout entière dans un humanitarisme confiant, sujet aux déceptions. La très belle pièce intitulée *Utopie* (1837) et l'Épître à Ad. Dumas (1838) fournissent une preuve double et décisive d'une évolution suivie de ses idées religieuses, correspondant à l'évolution de ses idées politiques. Il est décidément rationaliste et il n'est pas loin d'être républicain, ou plutôt il est républicain déjà en principe, puisque le *Fragment du livre primitif* rejette la royauté comme contraire à la nature. Le but, il l'aperçoit clairement, mais il y veut marcher sans impatience, ne pas devancer le lever des idées, demeurer étranger aux colères aveugles de la foule, et la dominer en philosophe pour la diriger en citoyen :

Il faut se séparer, pour penser, de la foule,
Et s'y confondre pour agir.

Voilà le véritable intérêt des *Recueillements* : ils révèlent une âme affermie, qui ne se lamente plus, qui n'oscille plus d'une croyance à l'autre, qui *se recueille* encore, mais pour *agir* bientôt. Le reste est secondaire; la belle fin spiritualiste de la *Cloche du village*, la *Réponse aux adieux de sir Walter Scott à ses lecteurs*, où Lamartine ne reproche à cet Homère de l'histoire que d'avoir écrit en prose (car « le vers est de bronze, et la prose est d'argile »), les paysages si larges et si vrais du poème intitulé *Ressouvenirs du lac Léman*, feraient la gloire d'un autre, mais ajoutent peu de chose à la sienne. Ce dernier poème est d'ailleurs de 1841, et se termine par une protestation contre la légende napoléonienne que, dans son imprudence, la monarchie de Louis-Philippe faisait revivre :

Diviniser le fer, c'est forger ses entraves...
Que tout rampe à ses pieds de bronze, excepté moi.

Dans la séance du 26 mai 1840, il avait déjà protesté, vainement, contre le transfert en France des cendres de Napoléon, au nom de la religion de la liberté qu'allait remplacer le culte de la force; mais lui-même, par une inconséquence que l'état de l'opinion explique en quelque mesure, il n'avait pas osé émettre un vote défavorable. Sa situation n'était pas encore très nette, ni son autorité très bien établie à la Chambre, où il avait d'abord représenté Bergues, et où il représenta Mâcon, sa patrie, de 1839 à 1848. Il avait soutenu le ministère Molé, combattu ceux de Thiers et de Guizot; mais le groupe « social » qu'il essayait de former en dehors des coteries et des appétits politiques n'avait alors d'éclat que celui qu'il empruntait au nom de son chef. Encore renvoyait-on souvent le poète à sa poésie. Pour se défaire de cette gloire sous laquelle on l'accablait, loin de siéger « au plafond », selon un mot qu'on lui prête, il étudiait et traitait les questions les moins élégiaques : en 1844 il parla sur la question des sucres, avec une compétence récente, mais certaine. Certains de ses discours, pourtant, ont frappé, par leur caractère vraiment prophétique[1]; non pas ceux qui les ont entendus alors, mais ceux qui les ont lus, depuis, à la lumière d'événements prévus de lui seul : par exemple, dans son discours sur les fortifications de Paris, il voyait, une trentaine d'années à l'avance, ce que devait être Paris assiégé.

Pendant les six dernières années du règne de Louis-Philippe, il devint un des chefs de l'opposition antidynastique, et hâta de ses vœux, de ses votes, quelquefois de ses actes, ce que, dans son discours du banquet de Mâcon (18 juillet 1847), il appelait « la révolution du mépris ». Cette même année, il faisait paraître son *Histoire des Girondins,* « admirable récit, tour à tour tendre et passionné, plein de scènes émouvantes, d'audacieux portraits, la plus belle œuvre de prose qu'un poète ait écrite[2] », mais sans valeur historique ni critique : la plus forte page peut-être du livre, le récit du dernier repas des Girondins, ne repose sur aucun fait précis. Mais le succès fut prodigieux, et les moins prompts à l'enthousiasme ne purent refuser leur admiration à ces phrases « de pourpre et d'or[3] ». Non, la prose n'est pas toujours « d'argile » ; le poète des *Recueillements* dut le sentir alors, car le succès de son livre fut une victoire pour son parti, l'avant-coureur d'une révolution prochaine, que préparait la glorification lyrique de la Révolution d'autrefois. Sur le fond, plus d'une réserve serait à faire, sans doute : le sang tache ceux qui le versent, et cette tache, le poète des *Châtiments* le dira, va s'élargissant dans l'histoire sur les bourreaux. Lamartine le sent aussi, et sa conclusion est de celles qui peuvent rallier tous les fils de la Révolution :

Pardonnez-nous, fils des combattants ou des victimes ! Le crime a tout perdu en se mêlant dans les rangs de la République. Combattre, ce n'est pas

1. « Il a, comme en poésie, l'imagination divinatrice, de grandes vues d'ensemble, d'une portée lointaine. Il parle, il développe magnifiquement ses idées, ces rêves que l'avenir réalisera, en une suite de discours animés d'un souffle vraiment prophétique : sur la question d'Orient, les Chemins de fer, le retour des Cendres, les fortifications de Paris, pour ne citer que les plus célèbres. C'est un voyant. Pour lui, la tribune est un trépied. Il y rend des oracles. Il a prédit, non grâce à d'obscurs ambages sibyllins, mais en termes formels, l'ouverture de l'isthme de Suez, l'immense développement des voies ferrées, les difficultés actuelles entre l'État et les grandes Compagnies, le second Empire, l'unité de l'Allemagne, le siège de Paris, la guerre civile qui s'ensuivit, que sais-je encore? Le premier, il agita dans les assemblées la question sociale. » (DE HÉRÉDIA, *Discours de réception à l'Académie.*)

2. Jullian, *Extraits des grands historiens du dix-neuvième siècle,* Introduction.

3. Doudan, *Correspondance,* II, 115, lettre du 28 mars 1847.

immoler. Otons le crime de la cause du peuple comme une arme qui lui a percé la main et qui a changé la liberté en despotisme ; ne cherchons pas à justifier l'échafaud par la patrie et les proscriptions par la liberté ; n'endurcissons pas l'âme du siècle par le sophisme de l'énergie révolutionnaire ; laissons son cœur à l'humanité, c'est le plus sûr et le plus infaillible de ses principes, et résignons-nous à la condition des choses humaines. L'histoire de la Révolution est glorieuse et triste comme le lendemain d'une victoire et comme la veille d'un autre combat. Mais, si cette histoire est pleine de deuil, elle est surtout pleine de foi. Elle ressemble au drame antique où, pendant que le narrateur fait le récit, le chœur du peuple chante la gloire, pleure les victimes et élève un hymne de consolation et d'espérance à Dieu !

Au 24 février 1848, un grand flot de terreur et de tempête, comme il l'avait prévu, le jeta au timon brisé.

VIII

Les vingt dernières années.

Ce qu'il y a d'extrême dans la popularité et dans l'oubli, dans l'orgueil et dans l'humiliation, Lamartine le connut de 1848 à 1869.

Le 24 février, il est de ceux qui proposent, imposent à la Chambre la constitution d'un gouvernement provisoire, dont il fait partie. Ce fut une charge pour lui encore plus qu'un honneur. C'est lui qui, debout sur une chaise de paille, le 25 février, et un peu plus tard le 17 mars, devant l'hôtel de ville, abattit le drapeau rouge aux mains d'une foule armée qui l'arborait et l'appuyait de ses menaces. « Pour moi, s'écriait-il, je n'adopterai jamais ce drapeau. Le drapeau tricolore a fait le tour du monde, avec la République et l'Empire, avec vos libertés et vos gloires; le drapeau rouge n'a fait que le tour du Champ de Mars, traîné dans les flots du sang du peuple. » En même temps qu'à l'intérieur il désarmait l'émeute, il tenait tête, à l'extérieur, aux monarchies inquiètes, à la réaction menaçante, et improvisait son fier manifeste aux puissances étrangères, car c'est au département des affaires étrangères que l'orage populaire l'avait porté.

Aux élections du 23 avril 1848, dix départements, Bouches-du-Rhône, Côte-d'Or, Dordogne, Finistère, Gironde, Ille-et-Vilaine, Nord, Saône-et-Loire, Seine, Seine-Inférieure, l'élurent, par 3,500,000 voix. La Constituante déclara qu'il avait bien mérité de la patrie. Mais au lendemain de ce triomphe (4 et 6 mai), l'ère des difficultés et des troubles civils se rouvrit : la journée du 15 mai, surtout les sanglantes journées de juin, où il chercha la mort au pied des barricades, ruinèrent son autorité, puis le renversèrent du pouvoir. Enveloppé dans la réaction qui suivit, il se laissa entraîner, et, le 27 septembre, il se prononça pour l'élection du président par le peuple : « *Alea jacta est.* Que Dieu et le peuple prononcent ! » Le peuple vota pour le prince Louis-Napoléon, contre Cavaignac et contre Lamartine. L'élu de dix départements à la Constituante, en 1848, ne fut pas envoyé même par un seul à la Législative : c'est seulement à une élection partielle que le Loiret voulut bien se souvenir du grand citoyen que son propre département avait oublié.

Ce fut le commencement de la décadence, et aussi, il faut le dire, de la misère. Oubli et misère, il supporta tout avec noblesse, bien qu'il ait laissé parfois, non par amour du lucre, mais par inexpérience de la vie pratique, son grand nom traîner dans de petites combinaisons financières. Les *Trois Mois de pouvoir* (1848) et l'*Histoire de la révolution de 1848* (1849) pouvaient ne sembler que des plaidoyers nécessaires. Les *Confidences, Raphaël,* les *Nouvelles Confidences, Graziella* (1849-1851), indépendamment de vrais mérites qui atténuaient un certain abus du « moi », se justifiaient par le mouvement naturel d'une âme que l'épreuve de la vie a comme ployée, qui se redresse et se retourne vers ses premiers souvenirs, avec une émotion sans amertume. Mais le *Nouveau Voyage en Orient* (1853) n'offrait au public lassé aucun intérêt nouveau. Et que dire de l'*Histoire de la Restauration,* de l'*Histoire des Constituants,* de l'*Histoire de la Turquie* et de l'*Histoire de la Russie,* poursuivies ou plutôt expédiées de 1851 à 1856 ? Au moins le *Cours de littérature,* commencé en 1856, rappelait-il, par intervalles, que le prosateur d'aujourd'hui était le poète d'hier ; un poète qui ne comprenait pas tous les poètes, depuis la Fontaine, pour qui il est si durement injuste, jusqu'à Musset, qu'il traite plus que jamais, au lendemain de sa mort, « en enfant », en incorrigible auteur de poésies légères : « Vive la jeunesse ! Mais *à condition de ne pas durer* toute la vie... » En revanche, il découvre Mistral. Tel jour, en cette année 1857, la « copie » lui manque : mais il se rappelle que les vers sont sa langue propre, et il improvise *la Vigne et la Maison,* ce poème familial, à l'accent si pénétrant, que ne lisent pas sans une impression « funèbre et douce » ceux qui, comme lui, vivent, souffrent et meurent du passé jadis éclatant de bonheur domestique,

Quand la maison vibrait, comme un grand cœur de pierre,
De tous ces cœurs joyeux qui battaient sous ses toits.

Dernier retour, dernier adieu du génie expirant! La poésie désormais ne pouvait plus le disputer à la prose, j'entends à celle de la vie réelle, où le « grand cygne blanc » d'autrefois ne se salissait pas sans doute, mais se débattait, se froissait sans cesse. En 1863, il perdait la femme dont l'actif et ingénieux dévouement l'avait aidé à traverser tant d'heures difficiles. La solitude, la maladie, la pauvreté, l'achevèrent, et le poète que la gloire de Napoléon Ier n'avait pas fléchi dut se résigner à recevoir de Napoléon III la dotation viagère de la rente d'un capital de 500,000 francs. Le 1er mars 1869, il mourait; mais, cette fois, il put se soustraire aux funérailles dites « nationales » que lui préparait le second Empire : il avait voulu être inhumé à Saint-Point, où ses obsèques furent modestes, presque obscures.

Vigny était mort en 1863, sans que sa mort eût causé une grande émotion; Hugo ne devait mourir qu'en 1885, mais ses funérailles devaient être triomphales. C'est seulement le 18 août 1886 que Mâcon éleva une statue à Lamartine.

IX

Lamartine et Victor Hugo. — L'art chez Lamartine.

On a renoncé avec raison aux parallèles littéraires. D'avance nous savons que V. Hugo n'est pas Lamartine, sans qu'il soit besoin de les comparer ou de les opposer l'un à l'autre. Mais l'histoire littéraire, sans chercher certaines oppositions, ne peut pas ne pas les noter quand elles résultent précisément des faits qu'elle enregistre, des rôles différents qu'elle a pour mission de définir. Quand Sainte-Beuve, poète avant d'être critique, et critique déjà dans la poésie, veut nous dire comment fut rajeunie en France la poésie vieillie du XVIIIe siècle, c'est par une antithèse qu'il caractérise le génie des deux rivaux :

La poésie en France allait dans la fadeur,
Dans la description sans vie et sans grandeur,
Comme un ruisseau chargé dont les ondes avares
Expirent en cristaux sous des grottes bizarres,
Quand soudain se rouvrit avec limpidité
Le rocher dans sa veine. André ressuscité
Parut : Hybla rendait à ce fils des abeilles

Le miel frais dont la cire éclaira tant de veilles.
Aux pieds du vieil Homère, il chantait à plaisir,
Montrant l'autre horizon, l'Atlantide à saisir.
Des rivaux, sans l'entendre, y couraient pleins de flamme;
Lamartine ignorant, *qui ne sait que son âme;*
Hugo puissant et fort, Vigny soigneux et fin,
D'un destin inégal, mais aucun d'eux en vain,
Tentaient le grand succès, et disputaient l'empire.
Lamartine régna; chantre ailé qui soupire,
Il planait sans effort. Hugo, dur partisan,
Comme chez Dante on voit, Florentin ou Pisan,
Un baron féodal combattre sous l'armure,
Tenait haut sa bannière, au milieu du murmure :
Il la maintient encore; et Vigny, plus secret,
Comme en sa tour d'ivoire, avant midi, rentrait.

C'est aussi en parlant de Chénier que V. Hugo lui-même, dans le *Journal d'un jeune jacobite de 1819,* juge, avec une enthousiaste sympathie, cette poésie nouvelle qui, enfin, est de la poésie : « Le premier est romantique parmi les classiques; le second est classique parmi les romantiques. » Cette formule à la fois vague et systématique, écrite à un moment où V. Hugo lui-même ne se sent pas appelé à être le chef des romantiques, laisse cependant deviner ce que le génie de Lamartine aura toujours de plus « classique » — dans la forme, et même au fond — que le génie de V. Hugo. Quand il chante à son tour, le poète des *Odes et Ballades* semble n'avoir d'autre ambition d'abord que de combattre « l'impie » aux côtés de son grand aîné :

J'unis donc à tes chants quelques chants téméraires.
Prends ton luth immortel : nous combattrons en frères
Pour les mêmes autels et les mêmes foyers.
Montés au même char, comme un couple homérique,
Nous tiendrons pour lutter, dans l'arène lyrique,
Toi la lance, moi les coursiers.

Au lendemain des *Méditations,* ce n'est pas au poète du *Lac* que va l'admiration de son jeune rival; c'est au poète religieux dont les *Harmonies,* pourtant, n'ont pas encore révélé toute la grandeur. Et c'est des poètes d'autrefois, poètes sacrés, prêtres ou prophètes, qu'il le proclame l'héritier :

Mais qu'importe! accomplis ta mission sacrée,
Chante, juge, bénis; ta bouche est inspirée.
Le Seigneur en passant t'a touché de sa main;
Et, pareil au rocher qu'avait frappé Moïse,
Pour la foule au désert assise,
La poésie en flots s'échappe de ton sein.

Moi, fussé-je vaincu, j'aimerai ta victoire;
Tu le sais, pour mon cœur, ami de toute gloire,
Les triomphes d'autrui ne sont pas un affront :
Poète, j'eus toujours un chant pour les poètes;
Et jamais le laurier qui pare d'autres têtes
Ne jeta d'ombre sur mon front!

Souris même à l'envie amère et discordante.
Elle outrageait Homère, elle attaquait le Dante.
Sous l'arche triomphale elle insulte au guerrier.
Il faut bien que ton nom dans ses cris retentisse;
Le temps amène la justice :
Laisse tomber l'orage et grandir ton laurier.

Telle est la majesté de tes concerts suprêmes,
Que tu sembles savoir comment les anges mêmes
Sur les harpes du ciel laissent errer leurs doigts.
On dirait que Dieu même, inspirant ton audace,
Parfois dans le désert t'apparaît face à face,
Et qu'il te parle avec la voix!

L'ode des *Feuilles d'automne, à M. de Lamartine,* datée de juin 1840, après le triomphe des *Harmonies,* n'est, il est vrai, qu'une métamorphose élargie, une antithèse entre le vaisseau de Colomb-Lamartine, qui revient sur une mer sereine, après avoir découvert un monde, et l'esquif battu par l'orage de Lapérouse-Hugo; mais on entrevoit que les deux poètes amis se sont un peu perdus de vue, l'un contemplateur surtout, l'autre surtout lutteur. Leur amitié s'était resserrée entre les *Odes et Ballades* et les *Nouvelles Méditations,* qui contiennent deux longues pièces dédiées à V. Hugo, les *Préludes,* et une *Épître.* On a cru deviner en certaines parties des *Préludes* une secrète émulation d'art avec V. Hugo, et, quoique plus tard, on l'a vu, dans une lettre à Virieu, à propos des *Harmonies,* il se défende de songer à faire « du romantisme à la Hugo », quoiqu'il écrive dans le Commentaire des *Préludes :* « La poésie n'était pour moi qu'un délassement littéraire, » il est certain que l'influence de l'artiste sur le poète spontané a été plus profonde qu'on ne serait tenté de le croire, même dans les *Harmonies.* L'*Épître,* légère, affectueuse, pleine d'une grâce attendrie, est une invitation à quitter « l'air corrompu des cités » pour les bois non loin desquels coule la Saône. Après le sacre de Charles X, qui les avait unis dans le même honneur (ils avaient été décorés tous deux le 29 avril 1825), Hugo, suivi de Nodier, visita Saint-Point, qu'il trouva un peu idéalisé dans les descriptions qu'en avait faites le châtelain. Charmante aussi est l'*Épître* des *Harmonies* intitulée *la Retraite, réponse à M. V. H. :*

Je sais sur la colline
Une blanche maison;
Un rocher la domine;
Un buisson d'aubépine
Est tout son horizon.

Et le Commentaire, sur l'amitié durable qui le lie à V. Hugo, veut qu'on le cite : « Il n'y a point de petitesses dans sa nature. Les rivalités sont des petitesses : Hugo ne les connaît pas. C'est un grand signe pour lui. » Dans le Commentaire d'une autre pièce du même recueil (*Hymne du soir dans les temples*), *Notre-Dame de Paris*, cette « véritable épopée monumentale, » est l'objet d'un éloge dont, visiblement, on a cherché l'occasion. Puis la vie les sépare : les routes qu'ils suivent sont bien diverses : l'année de la *Chute d'un ange* est l'année de *Ruy Blas*. Lamartine est emporté de plus en plus par le tourbillon politique; Hugo, vaincu dans la dernière bataille littéraire qu'il livre, frappé dans son affection la plus chère, se tait longuement. Après la révolution de 1848, au contraire, Lamartine se retire de la lutte politique, et V. Hugo y entre. Le mouvement qu'ils suivent est maintenant inverse : d'une part, ce sont les *Confidences* et le *Cours de littérature;* de l'autre, les *Châtiments,* les *Contemplations,* la *Légende des siècles,* les *Misérables*. Réduit au rôle de critique, Lamartine traita les *Misérables* d'un peu haut : ce « radicalisme » idéaliste de l'exilé lui inspirait plus de défiance que d'admiration. Dans une lettre du 24 juin 1862, Hugo lui répondit :

C'est vers la société d'en haut, vers l'humanité d'en haut et vers la religion d'en haut que je tends. Oui, autant qu'il est permis à l'homme de vouloir, je veux détruire la fatalité humaine, je chasse la misère, j'enseigne l'ignorance, je traite la maladie, j'éclaire la nuit, je hais la haine. Voilà ce que je suis et voilà pourquoi j'ai fait les *Misérables*. Dans ma pensée, les *Misérables* ne sont qu'un livre ayant la fraternité pour base et le progrès pour cime.

Il rappelait à Lamartine les cris d'enthousiasme qu'il avait poussés jadis devant son aube éblouissante, et il se déclarait sûr que Lamartine ne voudrait gâter ni ce passé ni cet avenir, rien ne pouvant, d'ailleurs, sortir de ses écrits que de la lumière. Cette divergence d'opinions, rendue publique, ne leur en fut pas moins pénible à tous deux. Elle était rompue, cette « sorte de fraternité haute et douce » dont Hugo parlait encore six ans auparavant, lorsqu'il écrivait à Lamartine : « *Nos âmes sont diverses,* mais nos cœurs se touchent; vous le dites, et je le sens. » Le dernier souvenir qu'il accorda au grand poète et grand citoyen, au lendemain de sa mort et sept ans après[1], n'est qu'un hommage presque obligé du « frère » survivant et glorieux au frère disparu et trop oublié.

Si nous en croyons un témoin de la vie de Victor Hugo, Lamartine, discutant un jour avec lui, se serait écrié : « La grammaire écrase la poésie. La grammaire n'est pas faite pour nous. Nous devons parler comme la parole nous vient sur les lèvres. » Dans les préfaces de la *Chute d'un ange* et des *Recueillements,* il s'avoue incapable du travail de la lime, et semble réserver à sa vieillesse le soin de « polir à froid » ces improvisations trop hâtives qui lui échappent. On sait assez que ce travail de revision ne fut jamais accompli. Du reste, autre chose est de revoir, tôt ou tard, la forme que, dans un premier jet, on n'a pas eu le temps de préciser et d'affermir, autre chose de s'astreindre, comme les vrais écrivains l'ont toujours fait, à n'employer, même dans un premier jet, que les tours corrects et les mots justes. Nos grammairiens modernes ont été un peu durs pour lui quand ils l'ont accusé de ne pas savoir le français, et c'est ici qu'il est équitable d'opposer à leurs arrêts trop dédaigneux les « hymnes » de critiques qui, comme M. Lemaître, ont été aussi des poètes.

> Loué soit-il à jamais ! On se fatigue des prouesses de la versification. On est las quelquefois du style plastique et de ses ciselures, du pittoresque à outrance, de la rhétorique impressionniste et de ses contournements. Et c'est alors un délice, c'est un rafraîchissement inexprimable que ces vers jaillis d'une âme comme d'une source profonde, et dont on ne sait « comment ils sont faits ».
>
> Sans compter que parmi ces vers de génie, — à travers les nonchalances, les maladresses et les naïvetés de facture qui rappellent les très anciens poètes, et parfois aussi à travers les formules conservées du XVIIIe siècle, — des vers éclatent et des strophes (les poètes le savent bien), d'une beauté aussi solide, d'une plénitude aussi sonore, d'une couleur aussi éclatante et d'une langue aussi inventée que les plus beaux passages de Victor Hugo ou de Leconte de Lisle.

Cela est vrai ; mais il est vrai aussi qu'un nombre restreint de corrections[2] eussent donné plus de force encore, sinon à

1. Lettres du 10 mars 1869 et du 23 janv. 1876, à Mme Cessiat de Lamartine et au Comité pour la statue de Lamartine.

2. Dans leurs *Papiers d'autrefois*, MM. P. et V. Glachant ont comparé certains manuscrits de Lamartine à ceux de V. Hugo : « La comparaison de ces feuillets si lestement remplis, avec les pages où se perfectionne Victor Hugo, est très instructive. Elle établit assez la distance qui sépare l'ouvrier puissant et consciencieux, quoique génial, du rêveur parfois sublime, chez qui la forme poétique drape mollement l'inspiration, sans souci de l'habiller avec exactitude. »

ces beaux vers qui éclatent à travers tout, du moins au milieu, quelquefois indécis ou traînant, d'où ils éclatent. Et ce ne sont pas seulement les hiatus trop nombreux, la quantité variable, les rimes insuffisantes ou trop faciles (dans la seule pièce de l'*Isolement :* couchant, attend; carrière, éclaire; sphère, terre), qui ont pu être reprochées au poète improvisateur, trop jaloux, dirait-on, de rivaliser avec les improvisateurs populaires de l'Italie, ce sont les licences de tout genre, les négligences, les incorrections même. Il n'a donc pas toujours observé les règles de la versification ou celles de la grammaire, voilà qui est entendu; mais il ne faudrait pas oublier qu'il a dû se créer à lui-même une versification et une langue. Il part du XVIIIe siècle, et non pas de Chénier, qu'on le remarque, mais de Lebrun. A vrai dire, il est telle strophe des *Méditations* dont Lebrun eût pu être fier.

Non, jamais un sein pacifique
N'enfanta ces divins élans
Ni ce désordre sympathique
Qui soumet le monde à nos chants.
Non, non, quand l'Apollon d'Homère,
Pour lancer ses traits sur la terre,
Descendait des sommets d'Éryx,
Volant aux rives infernales,
Il trempait ses armes fatales
Dans les eaux bouillantes du Styx.

Mais, à côté de ces imitations d'écolier, résonne une musique toute nouvelle de la strophe et de l'âme; à côté de réminiscences de forme, une langue toute nouvelle balbutie et s'essaye à rendre le clair-obscur mystérieux des choses rêvées. Cette langue n'est pas fort riche; assez peu de mots en forment le trésor : charme, charmant, doux, douceur, éternel et éternité, immortel et immortalité, lumière et lueur, mystère et mystérieux, nocturne, obscur et obscurité, ombre, pur, rayon, rêve et rêver, silence, sombre, son, triste, vague, vaporeux, etc. Cette langue nouvelle est appropriée à l'expression d'un idéal nouveau, qui lui-même est fait de sensations, d'impressions, d'aspirations nouvelles. Et il n'est part fort surprenant que le poète symphoniste, attentif avant tout à réaliser l'harmonie entre le sentiment exprimé et le signe qui l'exprime, ait perdu quelquefois de vue ces règles de la grammaire grâce auxquelles on exprime fort correctement, mais fort inexactement, ces choses imprécises. De même, césures et rimes ne le préoccupaient qu'à titre tout à fait secondaire : ce qui le préoccupait surtout, c'est ce qu'il appelle la « vague des sons », cette loi de la strophe harmonieuse que Flaubert assimilait à la loi même de la respiration et de la vie. En cela aussi il est novateur. Dès sa jeunesse, Sainte-Beuve le sentait, quand il répondait à ceux qui opposaient Lamartine aux romantiques parce que Lamartine n'avait pas besoin d'une réforme matérielle du vers[1]. Il prouvait qu'on ne trouve pas chez Racine ces larges périodes, compliquées, mais non embarrassées de phrases incidentes, « ces énumérations sans fin qui passent flot à flot, ces *si* et ces *quand*, éternellement reproduits, qui rouvrent coup sur coup des sources imprévues, ces comparaisons jaillissantes qu'on voit à chaque instant éclore et se briser comme un rayon aux cimes des vagues ». Cette comparaison, que Théophile Gautier a reprise, tirée de l'ample déroulement et de la succession rythmée des vagues, Lamartine lui-même en a usé, tant il la sentait naturelle. Et, en effet, toutes les critiques aussi bien que tous les éloges qui peuvent être adressés à l'art lamartinien (dont on a exagéré, d'ailleurs, l'inconscience) reviennent à cette critique et à cet éloge unique : la poésie de Lamartine, c'est *la nature*. Et l'on aura beau faire, la critique, aboutissant à ce point, se fondra toujours en éloge.

1. *Pensées de Joseph Delorme*, VII.

BIBLIOGRAPHIE

TEXTES

Œuvres complètes; Gosselin, 13 vol., 1840, et 40 vol., 1860-1863, chez l'auteur. — *Œuvres poétiques;* Furne, 8 vol.

LIVRES

V. Hugo. — *Journal d'un jeune jacobite de 1819* (*Littérature et Philosophie mêlées;* Hetzel; p. 57-59).

Sainte-Beuve. — *Premiers Lundis,* t. 1er, 309-340; M. Lévy. — Cf. *Pensées de Joseph Delorme* (*Œuvres,* édit. Lemerre, t. 1er), 7, 8, 10, 19. — *Revue des Deux Mondes,* 1er oct. 1832, 1er mars 1836, 1er avril 1839.

— *Causeries du lundi,* I, 20-34, 63-78, 294-296; IV, 389-408; VII, 531-536; IX, 534-535; X, 182-186, 195-197; XI, 448, 449, 458-484, 495, 496; Garnier.

— *Portraits littéraires,* I, 163, 164, 427, 428; Garnier.

— *Portraits contemporains,* t. 1er.

De Féletz. — *Mélanges de philosophie, d'histoire et de littérature,* t. II, 236-246; Grimbert, 6 vol. in-8°.

Revue des Deux Mondes (G. Planche, etc.), nos des 1er oct. 1832, 1er mai 1835, 1er mars 1836, 1er juillet 1838, 1er avril 1839, 15 juin 1847, 15 mai 1849, 15 oct. 1850, 1er juin 1851, 15 août 1854, 15 nov. 1856; 1er août, 15 oct., 1er nov. 1870.

De Loménie. — *Galerie des contemporains illustres;* 3 vol. pet. in-12, 1840-1841.

Doudan. — *Lettres,* I et II; 21 mai 1838, 13 février 1840, 26 mars 1847; Calmann-Lévy.

Saint-Marc Girardin. — *Cours de littérature dramatique,* IV, 55; Charpentier, in-12.

Vinet. — *Études sur la littérature au dix-neuvième siècle,* t. II; 1845.

Cuvillier-Fleury. — *Dernières Études littéraires;* 1859.

Th. Gautier. — *Portraits contemporains;* Charpentier.

Nisard. — *Essais sur l'école romantique,* 79-106, 284-349; Calmann-Lévy, 1891.

De Laprade. — *Le Sentiment de la nature chez les modernes;* in-12, 1868.

— *La Poésie de Lamartine;* Perrin, in-8°.

Eugène Pelletan. — *Lamartine, sa Vie et ses Œuvres;* Paris, 1869.

Henri de Lacretelle. — *Lamartine et ses amis;* 1872, in-12, Dreyfous.

DE MAZADE. — *Lamartine, sa vie littéraire et politique;* Perrin, in-12, 1872. Cf. *Revue des Deux Mondes,* 1er août, 15 oct., 1er nov. 1870.

ÉMILE OLLIVIER. — *Lamartine;* Garnier, in-12, 1874.

GASTON BOISSIER. — *Œuvres poétiques de Lamartine : Revue des Deux Mondes,* 1er janv. 1876.

ERNEST LEGOUVÉ. — *Soixante Ans de souvenirs;* 1887 (*Conférence* du 16 janv. 1876).

L. DE RONCHAUD. — *La Politique de Lamartine;* 1878.

PAUL ALBERT. — *Poètes et Poésies;* Hachette, in-16, 2e édit., 1884.

CH. ALEXANDRE. — *Souvenirs sur Lamartine;* Charpentier, 1884, et *Mme de Lamartine,* 1897.

SULLY-PRUDHOMME et J. SIMON. — *Discours prononcés à l'inauguration de la statue de Lamartine,* le 7 février 1886.

BRUNETIÈRE. — *Histoire et Littérature,* t. III, 239 à 265; Calmann-Lévy, 1886. — Cf. *Revue des Deux Mondes,* 15 août 1886.

— *L'Évolution de la poésie lyrique en France au dix-neuvième siècle;* Hachette, t. Ier, 3e leçon.

— *Manuel de l'histoire de la littérature française,* liv. III, 1re époque; Delagrave, 1898.

EM. FAGUET. — *Études littéraires sur le dix-neuvième siècle,* 73 à 126; Lecène, in-18 jésus, 1887.

CHARLES DE POMAIROLS. — *Lamartine, étude de morale et d'esthétique;* Hachette, in-18, 1889.

G. PELLISSIER. — *Le Mouvement littéraire au dix-neuvième siècle;* Hachette, 2e partie.

SCHÉRER. — *Études sur la littérature contemporaine,* IV, 87-97; V, 149-251; IX, 281-307; Calmann-Lévy, in-16.

EM. MONTÉGUT. — *Mélanges critiques,* 318, 319; Hachette, in-16, 1887.

JULES LEMAÎTRE. — *Les Contemporains,* 4e série, 150-158; 6e série, 79-224; Lecène, in-18 jésus, 4e édit., 1896.

PAUL DE SAINT-VICTOR. — *Lamartine;* Furne et Jouvet.

MAURICE ALBERT. — *La Littérature française sous la Révolution, l'Empire et la Restauration,* p. 175-199; Lecène, in-18 jésus, 1891.

CHAMBORAND DE PÉRISSAT. — *Lamartine inconnu;* Plon, in-8o, 1891.

EMM. DES ESSARTS. — *Portraits de maîtres,* 31-72; Perrin, 2e édit., 1891.

FÉLIX REYSSIÉ. — *La Jeunesse de Lamartine;* Hachette, in-12, 1892.

LARROUMET. — *Études de littérature et d'art,* 238; Hachette, 1893.

— *Nouvelles Études de littérature et d'art,* 61 à 90; Hachette, 1894. — Cf. *Revue des cours et conférences,* 1er, 8 avril, 13 mai 1893.

EM. DESCHANEL. — *Lamartine;* Calmann-Lévy, 2 vol. in-16, 1893.

DE VOGUÉ. — *Heures d'histoire;* Colin, 1893. — Cf. *Revue des Deux Mondes,* 15 janv. 1892.

ANATOLE FRANCE. — *L'Elvire de Lamartine;* 1893.

ÉDOUARD ROD. — *Lamartine* (*Classiques populaires*); Lecène, in-8o, 1893.

MORILLOT. — *Le Roman en France;* Masson. — Cf. *Revue des cours et conférences,* 18 mai 1901.

LANSON. — *Histoire de la littérature française;* Hachette.

LENIENT. — *La Poésie patriotique en France dans les temps modernes,* t. II, 14e et 18e leçons; Hachette, 1894.

DE HEREDIA. — *Discours de réception à l'Académie,* 30 mai 1895.

RAOUL ROSIÈRES. — *Recherches sur la poésie contemporaine,* 167-195; Laisney. — Cf. *Revue bleue,* 8 août 1891 : *Pourquoi on ne lit plus Lamartine.*

JULES SIMON. — *Quatre Portraits,* 31 à 111; Calmann-Lévy, in-16, 1896.

ZYROMSKI. — *Lamartine poète lyrique;* Colin, in-8o, 1896.

POTEZ. — *L'Élégie en France avant le romantisme. De Parny à Lamartine;* Calmann-Lévy, 1897, in-8o; surtout p. 476-478.

PETIT DE JULLEVILLE. — *Histoire de la langue et de la littérature françaises,* t. VIII, chap. V; Colin, in-8o.

M. SOURIAU. — *La Versification de Lamartine,* dans la *Revue des cours et conférences,* 13 juillet 1899.

P. et V. GLACHANT. *Papiers d'autrefois;* Hachette, 1899, in-16; p. 175-194.

AM. HAUVETTE. — *Notes critiques sur le texte des premières « Méditations poétiques »* (*Bulletin des humanistes français,* 1901).

W. THOMAS. — *Le Poète Edw. Young;* Hachette, in-8o, 1901; II, 9.

QUENTIN-BAUCHART. — *Lamartine homme politique;* in-8o, Plon, 1903.

JUGEMENTS

I

Dans les tableaux de Lamartine, il y a toujours beaucoup de ciel; il lui faut cet espace pour se mouvoir aisément et tracer de larges cercles autour de sa pensée. Il nage, il vole, il plane; comme un cygne se berçant sur ses grandes ailes blanches, tantôt dans la lumière, tantôt dans une légère brume, d'autres fois aussi dans des nuages orageux, il ne pose à terre que rarement et bientôt reprend son essor à la première brise qui soulève ses plumes. Cet élément fluide, transparent, aérien, qui se déplace devant lui et se referme après son passage, est sa route naturelle; il s'y soutient sans peine durant de longues heures, et de cette hauteur il voit s'azurer les vagues paysages, miroiter les eaux et pointer les édifices dans un vaporeux effacement.

Lamartine n'est pas un de ces poètes, merveilleux artistes, qui martèlent le vers comme une lame d'or sur une enclume d'acier, resserrant le grain du métal, lui imprimant des carres nettes et précises. Il ignore ou dédaigne toutes ces questions de forme, et avec une négligence de gentilhomme qui rime à ses heures, sans s'astreindre plus qu'il ne faut à ces choses de métier, il fait d'admirables poésies, à cheval en traversant les bois, en barque le long de quelque rivage ombreux, ou le coude appuyé à la fenêtre d'un de ses châteaux. Ses vers se déroulent avec un harmonieux murmure, comme les lames d'une mer d'Italie ou de Grèce, roulant dans leurs volutes transparentes des branches de laurier, des fruits d'or tombés du rivage, des reflets de ciel, d'oiseaux ou de voiles, et se brisant sur la plage en étincelantes franges argentées. Ce sont des déroulements et des successions de formes ondoyantes insaisissables comme l'eau, mais qui vont à leur but et sur leur fluidité peuvent porter l'idée comme la mer porte les navires, que ce soit un frêle esquif ou un navire de haut bord.

Il y a un charme magique dans cette respiration du vers qui s'enfle et s'abaisse comme la poitrine de l'Océan; on se laisse aller à cette mélodie que chante le chœur des rimes comme à un chant lointain de matelots ou de sirènes. Lamartine est peut-être le plus grand musicien de la poésie.

TH. GAUTIER, *Journal officiel.*

II

Non, ceux qui n'en ont pas été témoins ne sauraient s'imaginer l'impression vraie, légitime, ineffaçable, que les contemporains ont reçue des premières *Méditations* de Lamartine au moment où elles parurent, en 1819. On passait subitement d'une poésie sèche, maigre, pauvre, ayant de temps en temps un petit souffle à peine, à une poésie large, vraiment intérieure, abondante, élevée et toute divine. Les comparaisons avec le passage d'une journée aigre, variable et désagréable de mars, à une tiède et chaude matinée de vrai printemps, ou encore d'un ciel gris, froid, où le bleu paraît à peine, à un vrai ciel pur, serein et tout éthéré du Midi, ne rendraient que faiblement l'effet poétique et moral de cette poésie si neuve sur les âmes qu'elle venait de charmer et baigner de ses rayons. D'un jour à l'autre on avait changé de climat et de lumière, on avait changé d'Olympe : c'était une révélation.

SAINTE-BEUVE, Lettre à P. Verlaine, 19 nov. 1865.

III

Sa gloire est une vérité, une puissance, une vie; elle est entrée dans le cœur de tous ceux dont le cœur bat encore, elle survivra à tout ce qui vit aujourd'hui, elle durera autant qu'il restera des hommes sur la terre.

E. QUINET, Lettre à Mme de Pierreclos, 8 mars 1869.

IV

Il était poète, par don de nature, dès son enfance. Il aimait cette langue cadencée, sonore comme la musique, vague comme elle, un peu plus précise cependant, exprimant toutes les sensations, depuis la terreur jusqu'à la grâce, et renfermant parfois la pensée dans une brève et heureuse formule, qui en augmente la force et en perpétue la durée. D'autres ont employé tous les efforts de la volonté à développer et à féconder leur génie ; il n'a eu qu'à suivre le sien, qui lui fournissait en abondance les images, la passion et l'harmonie. Il portait les beaux vers et les laissait tomber de ses lèvres comme un arbre situé dans un sol fertile, sous les regards du soleil, se couvre de fruits et de fleurs et jonche autour de lui la terre de ses produits embaumés et savoureux.

Comme c'était un homme de peu d'efforts, c'était aussi un homme de peu de livres. Nous connaissons par lui-même ses amis de chevet : Job, Homère, Virgile, le Tasse, Milton, Rousseau, et surtout Ossian et *Paul et Virginie*. Il goûtait peu les poètes de ses premières années, poètes de boudoirs ou de tréteaux, qui confondaient la grâce avec les fadeurs ou étouffaient l'art sous la règle. Indifférent aux échos et aux préjugés, il exprimait des idées modernes dans la langue du grand siècle, qui est la vraie langue française. Il blâmait ceux qui, regardant la poésie comme le privilège des âges primitifs, ne savent qu'imiter et recommencer. Il sentait en lui et autour de lui, dans les besoins et les aspirations de cette société qui venait d'être remuée jusque dans ses fondements, une source nouvelle et plus puissante de poésie. Elvire avait été la première inspiratrice. Elle mourut. L'âme du poète en fut refroidie, parce qu'elle transporta plus haut les élans de son amour. La Révolution avait chassé la religion; l'Empire l'avait rappelée, mais comme moyen de police. La Restauration la reprenait comme une égide pour elle, comme un frein et une consolation pour le peuple. Une école de philosophie, qui avait mis les doctrines de l'*Encyclopédie* en catéchisme, s'efforçait, dans la métaphysique, de se passer de Dieu, et, dans la pratique, de le rendre impopulaire. Lamartine sentait la noble inquiétude de Chateaubriand, le tourment des philosophes spiritualistes.

Il sentait Dieu, il voyait le mal, il cherchait à les concilier par l'inspiration, comme les philosophes les concilient par l'observation et l'induction. Tout grand poète est doublé d'un philosophe, toute philosophie confine à la poésie : même origine et même fin; il n'y a de différent que la route. Ramener le monde à Dieu, la société humaine à la foi, et les déshérités de la vie à une condition plus heureuse, ces grands problèmes religieux et sociaux assaillaient son esprit et le remplissaient de tristesse ou de joie, suivant qu'il en voyait le côté ténébreux ou le côté lumineux.

Son âme était comme possédée par un christianisme poétique où le scepticisme à peine senti apportait la passion et la lutte, où une sorte de panthéisme inconscient et intermittent ouvrait des horizons éblouissants et des mirages trompeurs. La vieille foi survivait, triomphait, appuyée sur des traditions séculaires et sur les enseignements maternels, toujours présents à son esprit, et renouvelés même après la gloire. Quelle qu'ait été la diversité des impressions que la nature jetait dans son âme et par son âme dans ses vers, le fond en fut toujours un profond instinct de la Divinité dans toutes choses. Quand il lisait ses *Méditations* à quelques amis, la nouveauté de ces sentiments et de ce langage leur arrachait des cris d'admiration. Ils copiaient ses vers, ils les apprenaient par cœur, ils les récitaient dans le monde. Il fallut le violer pour le publier. Il ne voulut pas d'abord y mettre son nom. « C'est un jeune homme qui s'essaye, disait l'éditeur. Si ces *Méditations* plaisent au public, il en a d'autres qu'il publiera ensuite. » Le succès fut foudroyant. Ce siècle n'en avait pas vu de semblable depuis le *Génie du christianisme*. Lamartine devint, en un seul jour, non seulement illustre, mais populaire. Il eut cette gloire, la plus enviable pour le génie, de charmer les hommes et de les améliorer en même temps, en remplissant leurs cœurs de grands sentiments et en nourrissant leurs esprits de nobles pensées.

JULES SIMON, Discours prononcé à Mâcon
lors du centenaire de Lamartine.

V

Lamartine dit quelque part, en parlant de Vergniaud : « La facilité, cette grâce du génie. » Elle en est aussi la défaillance. Toutes les imperfections de Lamartine viennent d'elle. C'est parce qu'il compte sur elle qu'il ne *compose* pas. Il ne croit pas avoir besoin de ce soutien; et, en effet, quand la conception est assez forte et pleine pour se soutenir d'elle-même, quand le plan est remplacé par le mouvement, si rapide que la pensée de l'auteur est à la fois au commencement et à la fin de son œuvre, il n'a pas besoin de dessein prémédité, et le poème, d'une seule venue, d'une seule haleine, a une merveilleuse sûreté. Tels l'*Isolement*, le *Vallon*, *A Némésis*, la *Marseillaise de la paix*, surtout le *Lac*.

Mais souvent, quand cette ressource surnaturelle lui manque, l'art plus modeste manque aussi qui consisterait à ménager les dons de l'inspiration, à réserver pour sa bonne place, pour la fin, par exemple, tel trait, à distribuer en gradation telles pensées ou images, en un mot à composer. Les écoliers savent qu'il faut *mettre le bon vers le second,* pour dissimuler l'infériorité de l'autre. Lamartine n'en a cure : on peut vérifier dix mille fois. Marque certaine d'une négligence de composition, ses fins de pièce sont souvent faibles. Le *Vallon* lui-même a une demi-défaillance au dernier vers. Le poème des *Laboureurs* finit froidement. Le beau poème du *Désespoir,* si puissant d'abord, allait s'achever d'une façon très languissante, si la magnifique image des trois derniers vers ne l'avait superbement relevé. Voyez le déplorable trait final du *Chêne,* ce qu'il y a d'écourté dans la conclusion d'*Enthousiasme,* du *Soir,* les chutes après les élans aux fins de couplet dans l'*Hymne à la douleur.*

Il sourirait dédaigneusement à nous entendre. « Est-ce à quoi tient la poésie, cela, une *clausula* plus ou moins forte? » Non, certes; mais la technique, le métier, si l'on veut, ce n'est pas un mérite de ne point l'avoir eu, mais c'est presque une distinction de ne l'avoir pas cherché. Il n'a pas aimé le métier de poète, l'art avisé et circonspect dans le détail. C'est un poète qui s'est peu soucié d'être versificateur, et comme un génie qui a dédaigné d'avoir du talent.

Il y a perdu, et nous respectons trop l'art pour lui en faire une gloire. Mais l'impression dernière qu'il laisse n'en souffre point. On sent qu'il y a dans ses défauts plus d'abandon que d'impuissance, comme il y a dans ses beautés et ses grandeurs plus de fécondité naturelle que de volonté. Sorte de Fénelon poète, distingué, grand seigneur, né éloquent, ayant en lui un charme dont il séduit les autres et s'enchante un peu lui-même, avec un penchant secret au romanesque, au chimérique, à la vie contemplative, et, dans l'expression, parmi de vives étincelles, des traces de laisser aller et de langueur, il est un ami charmant de notre âme, qui nous attire, qui nous ravit, qui nous rend meilleurs, qui nous ennoblit et qui nous oublie quelquefois. Il a eu sa récompense, *dulcis dulcem;* il a été infiniment aimé des adolescents sérieux et des femmes distinguées. Il l'est encore. C'est quelque chose d'être un poète qu'on aime un peu comme ses illusions, que l'on prend avec soi quand on est bien seul, autour duquel on fait comme un étroit sanctuaire de recueillement presque pieux, que l'on lit dans une sorte de tour d'ivoire, et que la foule ne comprend jamais.

FAGUET, *Études littéraires sur le dix-neuvième siècle*
Lecène.

VI

Lamartine, c'est « l'ignorant qui ne sait que son âme » (SAINTE-BEUVE); cette âme sera donc la matière constante de sa poésie. Impressions d'enfance et de jeunesse, sentiment religieux où, quoi qu'il fasse pour le transformer en philosophie, la raison aura toujours la moindre part, plaisirs et douleurs, amours et enthousiasmes de la jeunesse, grandes pensées de l'âge mûr, tristesse et douceur du souvenir, c'est-à-dire toujours et partout le sentiment personnel, telle est la substance de cette poésie, la plus sincère et la plus intime, la plus mélancolique aussi et la plus délicieuse qui ait charmé l'âme d'un homme, en satisfaisant son besoin de répondre, « comme une harpe », à tous les souffles de la vie, et, avec son âme, l'âme de tous ceux pour qui la poésie c'est, avant tout, l'émotion morale, l'amour de la beauté et le sentiment de l'harmonie.

G. LARROUMET, *Études de littérature et d'art;* Hachette.

VII

Il fut un des plus fiers exemplaires de notre race, un demi-dieu... Quant à le « situer » dans notre histoire littéraire, à dire d'où il sort et ce qui procède de lui, la difficulté que j'y pressens m'avertit que je ferais là une besogne purement spécieuse et que, si peut-être tous les grands poètes sont « à part », Lamartine est lui-même à part d'eux tous. Il ne semble point que son œuvre marque un moment nécessaire (ou qui soit démontré tel après coup) dans le développement de notre lyrisme. Elle n'est point un anneau dans une chaîne. Car, si je vois bien qu'il y eut d'abord en lui quelque chose de Bernardin de Saint-Pierre et de Chateaubriand, et qu'un peu de la *Chute d'un ange* a pu passer dans la *Légende des siècles* et dans les *Poèmes barbares,* je suis plus sûr encore que, si Lamartine procède de quelqu'un, c'est, comme je l'ai dit à satiété, des anciens poètes hindous, et qu'après Lamartine il n'y eut pas de lamartiniens, sinon négligeables ou ridicules. Donc, il domine notre histoire poétique; il ne s'y accroche ou ne s'y emboîte qu'imparfaitement. Il se rattache à une tradition beaucoup plus lointaine que Victor Hugo. Celui-ci, homme de lettres accompli, est comme la perfection et l'aboutissement du génie latin. Plus que gréco-latin, l'Oriental Lamartine, nullement scribe de cabinet, est proprement un poète arya. Sa poésie est, pour ainsi parler, contemporaine de trente siècles d'humanité indo-européenne; et les solitaires de l'antique Gange,

> fleuve ivre de pavots,
> Où les songes sacrés roulent avec les flots,

l'eussent encore mieux comprise que ne firent les salons de la Restauration. Il est, dans son fonds et dans son tréfonds, le poète religieux, autrement dit le Poète, puisque la poésie, *reliant* le visible à l'invisible et la fantasmagorie du monde au rêve de Dieu, est religion dans son essence. Il se connaissait bien. « J'ai usé, dit-il dans le *Tailleur de Saint-Point*, mes yeux et ma langue à lire, à écrire et à *parler de Dieu dans toutes les fois et dans toutes les langues.* » Et c'est pourquoi — attendu qu'en outre il fut, avec une évidence fulgurante, un homme de génie — je ne dis pas qu'il soit, mais que je le sens le plus grand des poètes.

JULES LEMAÎTRE, *les Contemporains*, 6e série; Lecène.

VIII

La Grèce, après avoir placé sa lyre au milieu des étoiles, eût fait de ce mortel, dont la vie est si pleine qu'elle tient plusieurs vies, un personnage mythique, un autre Orphée, car il a dompté de toutes les bêtes la plus féroce, l'homme; ou, plutôt, quelque Bellérophon, vainqueur de la Chimère et cavalier du Cheval ailé des Muses, tombé du ciel comme lui, et finissant de vivre, ainsi que le dit Homère, le cœur consumé de chagrins, seul, et fuyant les sentiers des hommes. Pour nous, il est l'exemplaire, le représentant le plus noble de l'humanité, le héros moderne.

Il apparaît le premier de la grande triade poétique. Sa clarté rayonnante est la première qui ait ébloui le siècle. Les *Poèmes* du pur et sombre Vigny, les *Odes* de l'enfant sublime qui devait être Victor Hugo, ne parurent que deux ans après les *Méditations*. Il est aussi le premier parmi les poètes français qui ait eu le sentiment de l'infini. Sa poésie est simple, essentiellement religieuse. Elle monte comme un chant. Il a tout spiritualisé, la nature, l'homme, ses passions, le rêve lui-même. Il est sans art, a dit un lettré subtil. Mot profond qui explique ce génie si spontané qu'il semble inconscient.

On a souvent opposé l'un à l'autre Lamartine et Victor Hugo. On a même essayé vainement de les comparer. Ils sont tous deux incomparables. Lamartine est l'Aède, le chanteur sacré qu'inspire un dieu. Victor Hugo est, au sens antique, le Poète, le faiseur de vers par excellence. C'est le maître du Verbe et des images qu'il suscite. Il sait tous les mots de la langue, leur pouvoir virtuel, le sens mystérieux de leurs relations, et quels éclats inattendus, quels sons inouïs il en peut tirer. Prodigieux visionnaire, sa puissance objective est telle qu'il matérialise l'idée. Il fait toucher l'impalpable, il fait voir l'invisible. Il a trouvé des couleurs pour peindre l'ombre et des images pour figurer le néant. Cet artiste souverain a connu tous les secrets de l'art et nous les a transmis. Nous les lui devons tous. Lamartine, au contraire, déconcerte l'analyse par une simplicité divine. D'ailleurs, qu'importe? Quelle qu'en soit la façon, le *Lac* et le *Crucifix* ne sont-ils pas les plus beaux chants d'amour qu'aient inspirés à l'homme éphémère l'éternité de la nature et le désir de l'immortalité?

J.-M. DE HEREDIA, *Discours de réception à l'Académie.*

NARRATIONS

Le père est mort, laissant des affaires en mauvais état, et la famille a dû quitter le pays. Longtemps après, la mère et les enfants, de passage dans les environs, éprouvent le désir de revoir leur maison d'autrefois, et, comme elle appartient à des gens indifférents ou même hostiles, ils sont obligés de recourir à la complaisance d'un domestique, qui les reçoit en secret.

Vous supposerez que le frère aîné raconte à une sœur absente leur visite furtive, interrompue par le retour subit du nouveau maître au moment où, après avoir parcouru le jardin et la maison, ils se trouvaient dans la chambre où le père a rendu le dernier soupir.

Un sujet presque identique a été traité par Lamartine. Si vous avez lu ses vers et si vous vous en souvenez, on vous saura gré de vous inspirer de son récit.

(Savoie. — Brevet supérieur. — Aspirantes, 1891.)

LETTRES

I

Sainte-Beuve jugea toujours sévèrement Lamartine, et ne lui épargna pas les ironies, même à l'heure où le « tribun » vieilli et ruiné, après avoir noblement traversé le pouvoir, pouvait croire à l'ingratitude de ses contemporains. Il l'avertissait de songer « au lendemain sévère » de la postérité, dont il avait, en sa qualité de critique, le devoir et le regret de devancer le jugement. Lamartine ne se vengea qu'en consacrant deux de ses *Entretiens* à ce qu'il appelle la « gloire » de Sainte-Beuve; et l'on a la lettre où Sainte-Beuve lui envoie les remerciements d'un cœur comblé et « pardonné ». — « Vous avez, y écrit-il, glissé sur les défauts et voilé avec délicatesse les parties regrettables chez celui qui s'est trop abandonné, en écrivant, aux sentiments éphémères et au courant des circonstances. » (13 juillet 1864.)

Lamartine répond à Sainte-Beuve.

Dans la retraite où la vanité de l'homme de lettres ne l'a pas suivi, il ne se souvient plus comment Sainte-Beuve a usé du droit de la critique à l'égard d'œuvres imparfaites, mais sincères.

Devenu critique à son tour, un peu malgré lui, c'est par un besoin de sa nature qu'il admire ce qu'il y a d'admirable dans l'œuvre poétique et critique de Sainte-Beuve.

La poésie et la critique sont-elles choses si distinctes que le vulgaire le croit? En tout cas, il n'est pas défendu de porter dans la critique un peu de poésie.

Il ne se plaint point du présent, puisque, dans la paix des vallons paternels, il peut lire, se souvenir, rêver, espérer en l'avenir, qui sera indulgent à sa mémoire.

(Concours général. — Rhétorique, 1898.)

II

Lamartine jeune écrivait à son ami Guichard (19 août 1809) sur l'*Émile* de Rousseau : « Je veux faire de ce livre mon ami et mon guide. » Moins enthousiaste, son ami le met en garde contre ce qu'une telle lecture a de séduisant à la fois et d'insuffisant moralement. Il marque dans quelle mesure l'influence de Rousseau peut être saine et féconde sur un jeune poète qui doit s'efforcer avant tout de rester lui-même.

III

En 1841, Lamartine répondait au *Rhin allemand* de Becker par sa *Marseillaise de la paix,* où il prêchait la concorde entre les peuples, et disait, absorbant la patrie dans l'humanité :

> Nations! mot pompeux pour dire barbarie!
> L'amour s'arrête-t-il ou s'arrêtent vos pas?
> Déchirez ces drapeaux : une autre voix vous crie :
> « L'égoïsme et l'orgueil ont seuls une patrie,
> La fraternité n'en a pas!...
> Je suis concitoyen de tout homme qui pense :
> La vérité, c'est mon pays! »

V. Hugo, à qui il a envoyé ses vers, lui répond.

Il a reconnu là, traduites dans une forme magnifique, la hauteur d'inspiration et aussi peut-être les illusions généreuses du poète.

Pour lui, qui ne perd pas volontiers de vue les réalités d'aujourd'hui, les possibilités de demain, si la vérité est le pays de son intelligence, la France est le pays de son cœur, et il sait pourquoi il l'aime.

En élargissant trop les bornes de la grande patrie, il craindrait d'effacer les bornes de la petite, qui a et doit avoir sa vie propre.

Aimer la France, d'ailleurs, ce n'est pas haïr aveuglément tout ce qui n'est pas elle; aucun génie n'est plus vraiment humain que le génie français.

IV

Jeune, Lamartine rencontre Villemain chez Fontanes. On suppose que le critique, à qui le poète encore inexpérimenté a soumis ses premiers vers, lui indique dans sa réponse ce que la poésie attend de lui.

DISSERTATIONS ET LEÇONS

I

Étudier la langue et le style de Lamartine dans les *Harmonies*. Que valent précisément les reproches d'incorrection souvent adressés au poète?

(Sorbonne. — LEÇON D'AGRÉGATION DES LETTRES, 1896.)

II

Étudier *la Vigne et la Maison,* de Lamartine.

(AGRÉGATION DES LETTRES. — Leçon, 1897.)

III

Lamartine écrit, dans la *Lettre* qui sert de préface aux *Recueillements poétiques :* « Le bon public, qui ne crée pas, comme Jéhovah, l'homme à son image, mais qui le défigure à sa fantaisie, croit que j'ai passé trente années de ma vie à aligner des rimes et à contempler les étoiles : je n'y ai pas employé trente mois; et la poésie n'a été pour moi que ce qu'est la prière, le plus beau et le plus intense des actes de la pensée, mais le plus court, et celui qui dérobe le moins de temps au travail du jour. La poésie, c'est le chant intérieur. Que penseriez-vous d'un homme qui chanterait du matin au soir? » — Vous expliquerez quelles ont été les conséquences de cette façon de penser pour l'œuvre de Lamartine; vous discuterez aussi en général la valeur de ces idées sur la poésie.

(Paris. — AGRÉGATION DES LETTRES, 1897.)

IV

Après avoir défini le romantisme français, un critique s'exprime ainsi : « Nos poètes ont enfin osé parler en leur nom. Ils ont été affranchis de la gêne de se déguiser. Ils mettaient bien déjà, quoi qu'ils fissent, leurs sentiments dans leurs œuvres et parlaient, par exemple, sous le nom d'un personnage de tragédie. Ils ont eu au moins le plaisir de paraître davantage dans leurs écrits, sans que le fond général changeât beaucoup; les formes littéraires en ont été renouvelées. Lamartine, c'est tout ce que Racine avait dans le cœur. » Discuter et commenter ce passage.

(Paris. — Bourses de licence, 1891.)

V

Vous chercherez dans les pièces de Lamartine inscrites au programme les thèmes principaux de son inspiration, et vous essayerez d'en expliquer le caractère essentiel et la beauté particulière en vous aidant de ce vers du poète :

L'homme est l'être qui prie, et c'est là sa grandeur.

(Agrégation de grammaire, 1897.)

VI

Lamartine détestait la Fontaine. Déterminer les principales raisons de cette antipathie.

(Bordeaux. — Composition de licence, juillet 1898.)

VII

L'auteur de *Victor Hugo raconté par un témoin de sa vie* rapporte que Victor Hugo et Lamartine discutaient les questions d'art et différaient d'avis sur la correction, dédaignée par Lamartine, qui disait : « La grammaire écrase la poésie. La grammaire n'est pas faite pour nous. Nous devons parler comme la parole nous vient sur les lèvres. »

Quelles réflexions vous inspire cette discussion des deux poètes ?

(Bordeaux. — Licence ès lettres, juillet 1899.)

VIII

Discuter ce mot de Lamartine : « La poésie pleure bien, chante bien, mais elle décrit mal. »

(Bordeaux. — Licence ès lettres, 1898.)

IX

Distinguer dans les *Méditations* de Lamartine ce qui est imité et ce qui est original.

(Caen. — DEVOIR DE LICENCE, 1898.)

X

Faire comprendre comment Lamartine, dans la poésie contemporaine, sans avoir été réellement un romantique, est pourtant un véritable et grand novateur.

(Clermont. — COMPOSITION DE LICENCE, juillet 1898.)

XI

Examiner ce jugement de Lamartine sur lui-même : « J'ai eu de l'âme, c'est vrai : voilà tout. J'ai jeté quelques cris partis du cœur; mais, si l'âme suffit pour sentir, elle ne suffit pas pour exprimer. Le temps m'a manqué pour une œuvre parfaite, parce que j'ai dilapidé le temps, ce capital du génie. Prodigue du temps, il est juste que l'avenir me manque. »

(Montpellier. — LICENCE ÈS LETTRES, 1900.)

XII

Y a-t-il des traces de panthéisme romantique dans le *Jéhovah* de Lamartine?

(Nancy. — DEVOIR DE LICENCE, 1900.)

XIII

L'expression poétique de Dieu dans Racine (*Esther* et *Athalie*, et dans Lamartine (*Jéhovah*). Esquisse d'une étude comparative du biblisme classique et du biblisme romantique.

(Nancy. — LICENCE ÈS LETTRES, 1899.)

XIV

Victor Hugo appelait Lamartine « le dernier des classiques ». Sur quoi cette opinion peut-elle être fondée?

(Poitiers. — LICENCE ÈS LETTRES, 1900.)

XV

Examiner cette vue de Lamartine sur la poésie : « La poésie n'a jamais su exprimer le bonheur comme elle exprime la douleur, sans doute parce que le bonheur est un secret que Dieu a réservé au ciel. » (*Nouv. Méditat.*, XXIV, *Commentaire.*)

(Poitiers. — LICENCE ÈS LETTRES, 1898.)

XVI

Les premières *Méditations* de Lamartine : le sentiment de la nature et la couleur locale dans celles de ces pièces qui ont été écrites en Italie.

(Rennes. — DEVOIR DE LICENCE ET D'AGRÉGATION, 1898.)

XVII

Du sentiment religieux dans *Athalie* et dans *Jocelyn*.

(Douai. — DEVOIR D'AGRÉGATION DE L'ENSEIGNEMENT SPÉCIAL, mai 1887.)

XVIII

Après avoir montré, dans un résumé rapide, l'évolution du sentiment de la nature en France, depuis la Fontaine jusqu'aux premières années du XIXe siècle, expliquer ce que Lamartine, en écrivant *Jocelyn*, a pu mettre d'originalité dans l'expression de ce sentiment.

(Paris. — AGRÉGATION DE L'ENSEIGNEMENT SPÉCIAL, 1888.)

XIX

La poésie de la vie réelle. Démontrer que les scènes même les plus familières de la vie réelle peuvent fournir à la poésie une riche matière. Choisir principalement des exemples dans l'*Odyssée*, *Hermann et Dorothée*, *Jocelyn*.

(Paris. — AGRÉGATION DE L'ENSEIGNEMENT SPÉCIAL. Leçon, 1887.)

XX

Un critique a dit qu'après les ouvrages de Chateaubriand on attendait un poète qui rendît en vers les sentiments nouveaux que l'auteur d'*Atala* et *René* avait exprimés en prose, et que les *Méditations* de Lamartine furent comme la révélation d'un Chateaubriand en vers. Expliquer ce jugement.

(Rennes. — Baccalauréat classique, nov. 1900.)

XXI

Après avoir indiqué qu'à son avis les anciens genres de poésie étaient morts désormais : poésie lyrique, au sens où les traités de poétique entendent ce mot; poésie épique (car l'humanité est trop vieille pour se laisser amuser par les longs et merveilleux récits de l'épopée); poésie dramatique (car la prose conviendra mieux sans doute que les vers au théâtre du XIXe siècle), Lamartine essaye de prévoir quelles seront, dans la société nouvelle, les destinées de la poésie. « Elle sera philosophique, dit-il, religieuse, politique, sociale; elle sera intime, surtout, personnelle, méditative et grave; non plus un jeu de l'esprit, un caprice mélodieux de la pensée légère et superficielle, mais l'écho profond, réel, sincère, des plus hautes conceptions de l'intelligence, des plus mystérieuses impressions de l'âme. »

Expliquer la pensée de Lamartine et montrer dans quelle mesure elle s'est trouvée justifiée par l'histoire même de la poésie au XIXe siècle.

(Certificat d'aptitude à l'enseignement secondaire des jeunes filles, 1896.)

XXII

En 1820, lorsque parurent les *Méditations* de Lamartine, Victor Hugo s'écria : « Voilà donc enfin des poésies qui sont d'un poète, des poésies qui sont de la poésie. »

Que voulait-il dire par là? Ces paroles étaient-elles entièrement justes? Quelles sont les raisons, particulières à l'époque et à celui qui les a prononcées, qui peuvent les expliquer?

(Sèvres. — Concours d'admission, 1898.)

XXIII

Comparer la *Prière* des premières *Méditations* à la *Prière pour tous,* de Victor Hugo.

(Fénelon. — Devoir de 6e année.)

XXIV

D'après le début de *Milly*, dire ce qu'est cette âme des choses dont parle Lamartine, et comment elle peut devenir l'âme d'une certaine poésie.

(Besançon. — Lycée de jeunes filles.
Devoir de 6e année.)

XXV

Marquer l'idée différente que Lamartine (Préface des *Méditations*) et V. Hugo (*Fonction du poète*) se font du rôle du poète.

(Le Havre. — Lycée de jeunes filles.
Devoir de 5e année.)

XXVI

Comparer l'*Immortalité* de Lamartine, et *la Mort et le Malheureux* de la Fontaine. Le rapprochement de ces deux pièces fera mieux comprendre pourquoi Lamartine a peu goûté la Fontaine, et mieux sentir combien deux grands poètes peuvent être différents l'un de l'autre. On pourra se demander aussi lequel des deux exprime avec le plus de sincérité des sentiments vraiment humains.

(Tarbes. — Collège de filles. — Devoir de 5e année.)

XXVII

Établir la filiation entre Rousseau, Chateaubriand et Lamartine et montrer le fond commun de sentiments qui persiste dans leur œuvre triple et une à la fois, en y louant et blâmant ce qu'on croit y pouvoir blâmer ou louer.

(Fontenay-aux-Roses. - Leçon.)

XXVIII

D'après les premières *Méditations,* dire quelles influences ont agi sur Lamartine débutant et par où il se rattache encore au XVIIIe siècle.

(Fontenay-aux-Roses. — LEÇON.)

XXIX

Prendre le *Poète mourant* comme texte, pour apprécier, sans prévention d'aucune sorte, les qualités et les défauts de la poésie de Lamartine.

(IT.)

XXX

Lamartine poète philosophique dans l'*Immortalité.* L'opposer par ce côté à Alfred de Vigny.

(IT.)

XXXI

Étudier la composition, l'inspiration, la pensée et le style dans la *Mort de Socrate,* considérée à la fois comme poème platonicien et lamartinien.

(IT.)

XXXII

En comparant soit le *Soir* et *Paroles sur la dune,* soit le *Crucifix* et *A Villequier,* faire sentir que Lamartine et V. Hugo appartiennent à deux écoles bien distinctes, pour la conception des idées, pour l'expression des sentiments, pour la composition et pour la versification surtout.

(IT.)

XXXIII

Lire la dissertation de Lamartine sur les Destinées de la poésie, en tête des premières *Méditations,* et dire ce qu'elle contient d'utile pour l'intelligence de son génie.

(IT.)

XXXIV

La poésie pessimiste, chez Lamartine, lui est-elle naturelle? Le *Désespoir* de Lamartine, et l'*Espoir en Dieu* de Musset.

(Fontenay-aux-Roses. — LEÇON.)

XXXV

Distinguer par les différences essentielles les recueils poétiques de Lamartine et y marquer soit le progrès, soit la décadence du génie.

(Lot. — BREVET SUPÉRIEUR. — Aspirantes, 1890.)

XXXVI

Quelle idée vous faites-vous, d'après vos lectures, des différences entre l'œuvre de Lamartine et celle de Victor Hugo?

(Départements de l'Académie de Lyon. — BREVET SUPÉRIEUR. — Aspirantes, 1893.)

XXXVII

Commentez et développez ce jugement d'un critique contemporain sur Lamartine :

« Il a fait dans le domaine de la poésie presque autant que Chateaubriand dans un empire plus vaste. Chateaubriand a renouvelé l'imagination française; Lamartine a retrouvé les sources de la poésie tendre, noble, pure et élevée. Aussi est-ce avec raison qu'un juge des plus délicats nous disait hier : « Notez bien que Lamartine est plus qu'un poète, c'est la poésie « toute pure. »

(Allier. — BREVET SUPÉRIEUR. — Aspirantes, 1894.)

XXXVIII

L'Immortalité (fragment).

Le soleil de nos jours pâlit dès son aurore.
Sur nos fronts languissants à peine il jette encore
Quelques rayons tremblants qui combattent la nuit :

L'ombre croît, le jour meurt, tout s'efface et tout fuit.
Qu'un autre à cet aspect frissonne et s'attendrisse,
Qu'il recule en tremblant des bords du précipice,
Qu'il ne puisse de loin entendre sans frémir
Le triste chant des morts tout prêt à retentir,
Les soupirs étouffés d'une amante ou d'un frère
Suspendus sur le bord de son lit funéraire,
Ou l'airain gémissant, dont les sons éperdus
Annoncent aux mortels qu'un malheureux n'est plus.
Je te salue, ô Mort! libérateur céleste.
Tu ne m'apparais point sous cet aspect funeste
Que t'a prêté longtemps l'épouvante ou l'erreur;
Ton bras n'est point armé d'un glaive destructeur;
Ton front n'est point cruel, ton œil n'est point perfide;
Au secours des douleurs un Dieu clément te guide;
Tu n'anéantis pas, tu délivres; ta main,
Céleste messager, porte un flambeau divin.
Quand mon œil fatigué se ferme à la lumière,
Tu viens d'un jour plus pur inonder ma paupière;
Et l'espoir, près de toi rêvant sur un tombeau,
Appuyé sur la foi, m'ouvre un monde plus beau.
Viens donc, viens détacher mes chaînes corporelles!
Viens, ouvre ma prison; viens, prête-moi tes ailes!
Que tardes-tu? Parais. Que je m'élance enfin
Vers cet être inconnu, mon principe et ma fin.

Faites par écrit, en vous plaçant au point de vue littéraire, la lecture expliquée de ce morceau. Montrez comment il peut donner une idée assez exacte des qualités et des défauts de Lamartine.

(Lot-et-Garonne. — Brevet supérieur.
Aspirants, 1891.)

XXXIX

Lamartine, doucement ému en revoyant la maison, les prés, les bois, la montagne où s'écoula son enfance, s'écrie :

Objets inanimés, avez-vous donc une âme
Qui s'attache à notre âme et la force d'aimer?

Décrivez, d'après vos impressions personnelles, la douce émotion du retour au pays natal.

Exposez la cause à laquelle le poète attribue cette émotion, l'harmonie secrète qui existe entre notre âme et la nature.

(Pyrénées-Orientales. — Brevet supérieur.
Aspirants, 1891

XL

Qu'est-ce que le genre lyrique? Quels sont les principaux poètes que vous connaissez? Lequel préférez-vous, et pourquoi? On pourra se borner à la comparaison de Lamartine et de Victor Hugo.

(Bouches-du-Rhône. — Brevet supérieur.
Aspirantes, 1887.)

XLI

Lamartine cite comme premiers livres lui ayant été donnés à lire par sa mère, et *avec intelligence:* la Bible abrégée et épurée; les *Fables* de la Fontaine, les ouvrages de Mme de Genlis; ceux de Berquin; des morceaux de Fénelon et de Bernardin de Saint-Pierre, qui le ravissaient dès ce temps-là; la *Jérusalem délivrée; Robinson;* quelques tragédies de Voltaire, surtout *Mérope,* lue par son père à la veillée.

Dites ce que vous pensez de ce choix, et citez quelques autres livres que vous mettriez volontiers aux mains d'un enfant bien doué.

(Loire-Inférieure. — Brevet supérieur.
Aspirants, 1887.)

XLII

On vient de célébrer le premier centenaire de Lamartine à Màcon, sa ville natale. Dites ce qui justifie cette glorification d'un grand poète, et appréciez l'expression qu'il a donnée à la poésie, en particulier dans la *Méditation* de votre programme qui a pour titre *l'Immortalité*.

(Côtes-du-Nord. — Brevet supérieur.
Aspirants, 1890.)

XLIII

Lamartine a dit que « le vers est de bronze, et la prose d'argile ».

Cette maxime est-elle applicable aux œuvres de Lamartine, de Victor Hugo et de Voltaire? Est-elle toujours générale?

(Aveyron. — Brevet supérieur.
Aspirants, 1891.)

XLIV

Lamartine est un des poètes que lisent le plus volontiers les jeunes filles. Dire pour quelles raisons, en prenant exemple surtout de *Milly* et du *Vallon*.

(Montpellier. — Brevet supérieur.
Aspirantes, 1898.)

XLV

Expliquer ce vers de Lamartine, dans la *Chute d'un ange* :

C'est la cendre des morts qui créa la patrie.

12-03

Villefranche-de-Rouergue. — J. Bardoux impr.

www.ingramcontent.com/pod-product-compliance
Ingram Content Group UK Ltd.
Pitfield, Milton Keynes, MK11 3LW, UK
UKHW020243220726
13923UKWH00002B/803

9 782019 998721